汤姆·斯威夫特和百万巨视太空探测器

【英】维克多·阿普尔顿Ⅱ 文
燕锐锋 等图
刘庆双 等译

江西·南昌
江西科学技术出版社

图书在版编目（CIP）数据

汤姆·斯威夫特和百万巨视太空探测器/(英)维克多·阿普尔顿Ⅱ文；燕锐锋等图；刘庆双等译. -- 南昌：江西科学技术出版社，2018.3（2024.1重印）
（汤姆·斯威夫特丛书）
ISBN 978-7-5390-5876-4

Ⅰ.①汤… Ⅱ.①维… ②燕… ③刘… Ⅲ.①儿童故事-英国-现代 Ⅳ.①I561.85

中国版本图书馆CIP数据核字(2017)第046872号

国际互联网(Internet)地址：http://www.jxkjcbs.com
选题序号：KX2016077
责任编辑：郭绪书

汤姆·斯威夫特和百万巨视太空探测器
TANGMU SIWEIFUTE HE BAIWAN JUSHI TAIKONG TANCEQI

〔英〕维克多·阿普尔顿Ⅱ 文；
燕锐锋 等图；刘庆双 等译

出版发行	江西科学技术出版社
社址	南昌市蓼洲街2号附1号 邮编：330009 电话：（0791）86623491 86639342（传真）
印刷	三河市嵩川印刷有限公司
经销	各地新华书店
开本	700mm×1000mm 1/16
字数	114千字
印张	11
版次	2018年3月第1版 2024年1月第2次印刷
书号	ISBN 978-7-5390-5876-4
定价	39.00元

赣版权登字-03-2017-51
版权所有 翻印必究
（赣科版图书凡属印装错误，可向承印厂调换）

前言 QIANYAN

人总是离不开阅读,特别是在现代化信息时代,阅读无疑更是我们难求的一片宁静港湾,让我们有机会去感受、去体悟、去反思、去认证我们的这个世界和未来的世界。

科幻小说是一种起源于近代西方的文学体裁,在尊重科学结论的基础上进行合理设想后形成的文学作品,具备"逻辑自洽""科学元素""人文思考"三个要素。科幻小说与一般的传统小说不同,其特殊性在于它与科学技术的发展有着直接的联系,能让读者间接了解到科学原理。但它又是一种文艺创作,它扎根于社会现实,反映社会现实中的矛盾和问题,在科学技术发展的方向上,提供若干有参考价值的预见。有时,某些科学发明尚未出现,科幻小说里则已经进行生动的描绘,如潜水艇、机器人和宇宙航行等。

著名文学评论家布哈伊·哈桑曾说,科幻小说可能在哲学上是天真的,在道德上是简单的,在美学上是有些主观的,或粗糙的,但就它最好的方面而言,它似乎触及了人类集体梦想的神经中枢,解放出我们人类这具机器中深藏的某些幻想。

阅读科幻小说至少让我们有如下的感受：

一、文学的轻松愉悦

科幻小说的主题非常明显，它会涉及"未来"和"未知"、"科学"和"规律"、"生命"和"文明"、"生存"和"冒险"等等，每一本科幻小说都是一个全新的世界，每一次阅读都是一段全新、充满惊喜的精神旅程。

二、科学与严谨的想象

爱因斯坦说过，想象力比知识更重要，因为知识是有限的，而想象力概括着世界上的一切，推动着进步，并且是知识进化的源泉。通过阅读科幻小说，感悟其中的想象力，在人文、哲理的思索上，在思想道德意识的增强上所起到的作用是潜移默化的、是发散性的，其威力是不可估量的。

三、引发科学与理性的思考

科幻小说中的"科学方法"是一种有系统地寻求知识的程序，涉及"问题的认知与表述""观察与实验搜集证据""假说的构成与测试"。简单地说就是一个科学理论要经过观察、解释、预测、确认、评估、发表的程序，才能从一个假设发展成原理。科幻小说的"理性思考"就是遵从客观规律、进行逻辑分析的思考方式。

《汤姆·斯威夫特》系列曾是国外流行的科普小说，书中很多的科幻内容今天都已经变成了现实，它曾影响了几代读者，它伴随了很多人的成长。现以中文出版此书，相信书中的情节与科学，也会给中国读者带来同样的快乐体验。

目录 MULU

第一章　可疑的消息…………………………………001

第二章　激光枪狙击手………………………………012

第三章　金星飞行员…………………………………020

第四章　二次埋伏……………………………………031

第五章　幽灵烟火……………………………………038

第六章　线索被盗……………………………………048

第七章　危险！………………………………………054

第八章　识破阴谋……………………………………064

第九章　神秘的记号…………………………………073

第十章　突如其来的警告……………………………082

第十一章　月球之旅…………………………………089

第十二章　幻影神偷…………………………………101

第十三章　面具之下…………………………………108

第十四章　荒野实验室…………………………… 115

第十五章　圆顶飞行物…………………………… 124

第十六章　来自P国的报告……………………… 132

第十七章　无助的抢劫者………………………… 138

第十八章　巴德的疯狂讯息……………………… 147

第十九章　太空救援……………………………… 155

第二十章　孤注一掷的操作……………………… 163

第一章　可疑的消息

巴德·巴克利看到《肖普顿公报》头版的一条新闻报道时，屏息说道："汤姆，有人盗取了你的发明！"

18岁的汤姆·斯威夫特正埋头看着刚从办公室文件夹里拿出来的设计图。他满脸惊愕地抬起头重复道："盗取了我的发明？哪个发明？"

"那个能从空气中提取氦的新机器！"巴德说着从皮质扶手椅上跳了起来，将报纸抛到好友汤姆面前。

汤姆眉头紧皱地看着新闻的标题：L国科学家发明了革命性的制氦机器！

汤姆读完了报道，心情愈加紧张。报道讲述了一位L国工程师贾可·加斯帕德发明了一种从大气中提取氦的方法。当前，A国控制着全球氦气的供给，而加斯帕德的机器为各地的氦气生产提供了一种经济划算的方法。

发明的细节还未公布。下周一在L国首都会进行机器展示，届时世界各地的科学家们都会受邀参观。

"真巧啊。"汤姆低声道。

"巧？"巴德哼了声说道："几天前你就已经完美地发明出一台同样的机器了。"

汤姆点头说道："我当然知道，也许加斯帕德认为这种机器是出自他手，但不管怎样，我们一起查个究竟吧。"

汤姆迅速将设计图放回文件夹中，两人便匆匆离开了超大办公室。这间办公室位于斯威夫特企业集团内部，宽敞漂亮。汤姆和他爸爸——一位著名的科学家共同管理着斯威夫特企业集团。办公室的大型办公桌和会议桌上摆放着众多上好色的塑料模型，都是斯威夫特父子举世闻名的发明。

汤姆和巴德跳上吉普车，快速离开了这个面积十平方千米的实验站。

车子到了一座富有现代气息、有着玻璃墙面的独特建筑前，汤姆刹车停了下来。这里面就是汤姆的私人实验室，实验室内满是最新的研究设备。

两个小伙子跑向实验站，汤姆用电子钥匙对准钢质墙柜照过去。门滑动打开，汤姆急忙进去翻看着一捆捆设计图纸、草图和打印的数据表。

"什么也没少。"汤姆当场宣布道。

斯威夫特公司的太空飞行员巴德年轻健壮，一头黑发。他看着这大堆的文件，怀疑地摇了摇头说："这个家伙竟想出和你一样的发明，我还是觉得有可疑之处。"

第一章　可疑的消息

汤姆凝视着上空，担忧地说道："我承认的确想看看加斯帕德的机器。"

巴德打了个响指。"嗨，等等！新闻报道上不是说全世界的科学家都会受邀到加斯帕德的展示会吗？那就也包括你啦。"

"但我和爸爸都没收到邀请啊？"

巴德生气地一拳打在了实验室的工作台上。"兄弟，这就是答案。汤姆·斯威夫特父子是A国最出名的两位科学家，如果说谁够格收到邀请，你俩必在其列。这恰恰证明加斯帕德不愿冒着被发现的危险邀请你们。"

现在，汤姆几乎和巴德一样相信这个论断了。他承认道："也许是吧，我们去找哈伦核实一下。"

不一会儿他俩就到了哈伦·艾姆斯的办公室，哈伦是斯威夫特企业集团的安保主任，他身形修长，留着一头黑发。

"遇到什么麻烦了吗，机长？"哈伦询问道。

"我也不确定。"汤姆快速地把加斯帕德的新闻事件给他讲述了一遍，然后问道："从我开始用自己的制氦机器工作以来，有谁拿着设计图或别的数据出入过实验站吗？"

哈伦摁了下按钮，让助手将那些由实验站大门守卫保管的日志拿给他。浏览完最近的记录表后，哈伦摇了摇头。

"没有，我们对此检查得很严，除了运往斯威夫特工程公司的新火箭筒设计图外，过去两周没有什么被带进来或拿出去。"

第一章 可疑的消息

斯威夫特工程公司就是生产斯威夫特父子发明的公司。它由老汤姆先生的一位老朋友兼同事——奈德·牛顿来管理。虽然牛顿不是斯威夫特家的亲属,但斯威夫特一家仍视他为亲人。

汤姆疑惑地望着巴德说:"我们没有线索了。"

"如果加斯帕德偷了你的发明。"巴德坚定地宣布:"我一定要查个明白。"

"怎么查?"汤姆问。

"我会给他发封电报,让他邀请我去他的大型展出,这样我就能飞去L国首都了。我会给他来个轰炸式质问!"

巴德拿起笔记本起草电报:

在下从事低温研究,对于阁下的氦提取器深感兴趣,望受邀参加L国首都展览会,收到电复。

巴克利主席

低温研究实验室

汤姆和哈伦放声大笑。"什么,名字后都不加博士称谓的?"汤姆开玩笑地问道。

电报上别的什么也没说,但巴德瞒着汤姆父子将电报发给了那位L国科学家,并说他想要带大名鼎鼎的斯威夫特父子到展示会。接下来的两天,巴德往电报局打了六次电话,但L国那边仍没有回信。

周六晚上，斯威夫特家人在家享受周末时，巴德突然来访。他在小屋里待了一会儿，就跟汤姆和他爸爸讨论起加斯帕德的这件怪事。

"确实很奇怪！"斯威夫特先生承认道。汤姆和爸爸有着惊人的相似之处。这位资深的科学家和他高瘦的儿子都有双深邃的眼睛，性格也一样敏锐。

巴德提到电报之事时说："加斯帕德无视我的电报，而且我给国内十位杰出的科学家打了电话，发现他们没有一个收到展会的邀请。"

"显然他不信任我们国家的任何一个人。"斯威夫特先生满脸困惑地说道。

小汤姆神情严肃地说："爸爸，如果加斯帕德真打算使用我的发明，那他的机器就可能存在危险。"

"危险！儿子，这话怎么说？"

汤姆正在研究一台革命性的新型太空望远镜，氦提取设备只是这个设备的一部分。这台望远镜需要使用强劲的高增益信号放大器，而放大器的某些部分是在超低温的状态下运作的。使用液态氦就可以保持这种零下两百多摄氏度的低温。

起初，汤姆尝试使用他那令人称奇的海底氦井——《汤姆·斯威夫特和深海保护罩》中的相关描述。但后来发现这种方法很不方便，汤姆就发明了一台能从空气中提取氦气并将之转化为液体的机器，这样就能保证现成的供给量。

第一章 可疑的消息

汤姆解释说:"当我对原设计进行测试时,出现了几个漏洞。首先,指示器出了问题,因为它是有机材料制成的,所以易受二氧化碳的影响。"

"所以呢?"巴德疑惑地问道。

"我重新设计了机器的指示器。"汤姆回答说,"但是加斯帕德也许对此一无所知。"这位年轻的发明家又紧张地加了一句:"除非他自己改进了那个指示器,不然机器可能会爆炸的!"

巴德低声吹了个口哨。斯威夫特先生却面色沉重。

"我该提醒他吗,爸爸?"汤姆不安地问道,"或者要去阻止展会举行吗?"

年长的科学家摇了摇头,说:"老实说,恐怕你什么也做不了,如果你尝试阻止加斯帕德,那当局也许就会将此理解为你说他是个贼,你不能冒这个险。别忘了加斯帕德也是个有声望的科学家。所以,但愿他清楚自己在做什么。"

展会计划于肖普顿周一的凌晨一点开始。巴德和斯威夫特一家打算在电视上观看直播。

汤姆十七岁的妹妹桑迪·斯威夫特是个性格活泼的女孩,听说汤姆和巴德打算熬夜,她十分开心,咯咯地笑着宣布道:"太棒啦,我去把菲利斯喊过来,咱们一起开个深夜电视晚会!"

菲利斯·牛顿——奈德·牛顿的女儿——是个魅力十足的

黑发女孩，也是汤姆的女朋友。汤姆和菲利斯、巴德和桑迪两对儿经常一起出去约会。

周日晚上，巴德开着敞篷车载着菲利斯去了斯威夫特家，应邀留宿一晚。苗条美貌的斯威夫特太太对到访的客人表示热烈欢迎。享用完斯威夫特太太做的美味鸡肉晚餐后，几个年轻人放音乐、跳舞、聊天，直到展会快开始时才停下来。

汤姆打开电视时，菲利斯问道："我们能直接收到来自L国的图像吗？"

汤姆点了点头说："通过我们的太空站。"这位年轻的科学家建立这个太空站，是为了能够有不受大气影响的装配线，利用不受屏蔽的太阳光给太阳能电池充电。太空站已经成为推动斯威夫特父子太空研究的重要设施，同时它还能转播世界任何地方的电视信号。

汤姆补充说："一会儿会收到A国各网络的短波英文无线电广播。"

一个早间健美操节目出现在银幕上，接下来是专题新闻，转播了加斯帕德的制氦机器展示会。

巴德调到了A国无线电广播。"现在为您带来一条来自L国首都有关科学界大事的现场报道。"实况播报员开场说道，"贾可·加斯帕德先生即将在这个展览会上向全球顶尖的科学家们展示他的新型机器——一台能从大气中提取氦的机器。"

电视镜头转向了加斯帕德本人。他鹰鼻鹞眼，戴着眼镜，黑

第一章 可疑的消息

黑的胡子参差不齐。他做了个简短的发言,介绍了他的发明的特点。

"这个骗子!"巴德咬牙切齿地说道,"汤姆,他的机器看起来和你的一模一样!"

但他的朋友汤姆看得太专注,没有答话。当加斯帕德推动开关启动机器时,所有人——包括斯威夫特夫妇在内——都目不转睛地看着屏幕。

提取出来的氦将被收集在一个水槽内。在观众一片赞赏的低语声中,加斯帕德洋洋自得地看着机器运行,偶尔检查下阀门或刻度盘。

突然,传来了巨大的爆炸声!屏幕上的图像抖动起来。当屏幕再次清晰后,展示厅已乱成一团。斯威夫特家客厅内的观众们惊恐地看到制氦机器已经四分五裂,到处都是碎片,包括加斯帕德在内的很多人都被击倒在地。

"这里出了些突发状况!"电视播报员努力盖过现场观众的尖叫声高喊着,"你们刚才听到的那声巨响是机器爆炸的声音!"

过了一会儿,实况播报员报道称所有的伤者都已被送往医院,尚无伤情严重者。

"正如我所担心的那样,爸爸。"汤姆表情严肃地说,"机器没能除去二氧化碳,和我最初的设计一样。"

"也许巴德的怀疑是对的。"斯威夫特先生谨慎地说道。

第一章 可疑的消息

"我一定要查个清楚。"汤姆宣布道。

八点钟时,汤姆和巴德离开家前往实验站。汤姆开着一辆时髦的银色跑车在前面领路,巴德开着红色敞篷车紧随其后。

在穿过树林的一段路上时,突然巴德看见汤姆的车猛转向对面车道。

"嗨,当心点,兄弟!"巴德喊道。

不一会儿,汤姆似乎控制住了他的车。但紧接着,车子突然撞向路边,在排水沟边上摇摇欲坠,然后就翻进去了!

第二章　激光枪狙击手

汤姆受伤了吗，伤得很重吗？

巴德惊慌地猛踩下刹车，转向路边。车轮发出刺耳的声音，敞篷车滑动着停了下来，巴德赶忙跳下车。巴德瞥见有人从树林草丛间匆匆跑开。这个人和汤姆的车祸有关系吗？

"站住！"巴德大喊。但是那个人已经消失在丛林中。

巴德走向排水沟，爬下路边的陡坡。汤姆被甩出了车外，躺在几米外的地方一动不动。巴德跪在他身旁，心里极度恐慌。

"汤姆！汤姆！"他大叫着。

看到他的朋友动了下，他立马松了口气。汤姆叫了一声，揉了揉额头。

"你会没事的。"巴德满怀期望地说。

"是的，应该没事——我想。"汤姆低声说，"就是摔得有点晕。"

巴德确定朋友没有骨折，也没受其他重伤，便将他扶了起来。这个年轻科学家的脸上和T恤衫上满是泥污。

"你的车怎么了？"巴德皱着眉头疑惑地问道。

"我也不知道啊，车子突然间就失控了。"汤姆说道，"车轮不听使唤，我去检查一下。"

汤姆说着就朝那辆翻了的车走去。"不行，兄弟。"巴德反驳说，"你应该直接去医务室，让辛普森医生给你检查下身体。"

巴德不顾汤姆的反对，将他带到红色敞篷车前，把他扶了进去，自己又回到驾驶座上，车很快开到了斯威夫特企业集团。他们进了大门，在实验站的医务室外停了车。

两个小伙子走进辛普森的办公室，这个企业集团的年轻医师看着汤姆，露出哭笑不得的表情。

"天啊！机长。"他看着汤姆身上明显的刮伤和青斑说道，"你在实验室出事故啦？"

巴德咧嘴笑了笑说："不是，他不过是在和他的车翻筋斗呢。但这大清早就动手胡闹时间确实有点早啊，你说是不是，医生？"

辛普森医生大笑着说："是有点早。来吧，在这儿我才是该动手的人。"他说着伸手去拿药箱。

"好吧，别再怨我了。"汤姆笑着说，"我也就多了几块瘀青而已啦。"

医生给汤姆做了仔细的检查，对一些轻微的伤口进行了处理，说除了这些伤口汤姆没有大碍。但是他还是要求汤姆在治疗室的小床上休息一两个小时。

"嘿，我不能在这儿待着。"汤姆说着穿上了T恤衫，"我必须弄明白我的车怎么了。"

"等会儿再管它。"医生没有让步，说着将汤姆带到了治疗室，"这期间，你就好好在这床上躺着。"

"放心。"巴德对他的好友说，"我会去检查你的车的。"

正当汤姆要拒绝的时候，辛普森医生补充了一句很有说服力的话："汤姆·斯威夫特，我们关键时刻还指着你呢！"

汤姆嘟囔着躺下了。巴德急忙赶去了车库保养车间，这个宽敞的车间内容纳着企业集团的卡车和吉普车队。机修工阿尔·罗斯特立即开着救险车带着巴德前往肇事地点。

他们到达事故地点时，阿尔说："哦，小汤姆可真走运！"

拖吊车将汤姆的车从沟里吊了上来。机修工检查了转向系统，但没有发现任何问题。然后巴德尝试着驾驶这辆跑车，在路上开了一小段距离发现转向和操作系统似乎也都无可挑剔。唯一明显的损伤就是挡泥板上的凹痕和车身上的一些刮痕。

"你确定机长没有昏过去或者怎样吗？"机修工问道。

"你疯了吗？"巴德语气轻蔑地说道，"就算汤姆用半个脑袋思考，也比大多数人僵化的脑子转得要快。"

阿尔耸了耸肩道:"好吧,我们把车运回车间拆开看看。"

他们回到企业集团,汽车传动装置的各个部件都被拆下来检查了一遍,仍没有找到事故原因。

"这是个接近完美的宝贝。"阿尔组装完后用一块干净的废棉纱头擦着手说,"我想汤姆在保养车方面应该也没出过什么错。"

巴德眉头一皱,"我想你说对了,阿尔,我们找错线索了。"

巴德还没来得及解释他的最后一句话就匆匆去找汤姆了。护士用餐盘送来了午饭,两个人边吃边讨论着。汤姆已经洗过澡换完衣服了。

"知道吗,巴德,我一直在想,"汤姆若有所思地说,"我的车子可能遭遇了某种激光——一种能够临时控制汽车转向的激光。"

"我也这么想的,兄弟。"巴德说,"如果车子是被某种遥控装置破坏的,我想我看到了那个肇事者。"

汤姆惊讶地看着他的朋友问:"什么时候?"

"就在你掉进沟里后。"巴德答道。他向汤姆讲述了那个鬼鬼祟祟跑进丛林里的人。"也许当时他正从事故现场逃离,很可疑——我冲他喊了一声,他没停下。"

"我觉得我们最好告诉哈伦。"汤姆严肃地说。

他们很快吃完饭，就往安保主任的办公室赶去。安保主任听完两个小伙子的描述后立刻警觉起来，拿起电话打给了肖普顿的警察局。斯威夫特家的老朋友警察局长斯莱特允诺立刻前往事发地与他们会面。

汤姆和两个同伴到事发地不久，一辆警车就在路边停了下来。局长听他们解释着发生的事情，然后转向巴德。"那个逃走的家伙长什么样？"

"我只匆匆地瞥到他一眼。"巴德说，"他穿着粗布衣服，身形消瘦。我不确定他有多高，因为他跑进丛林的时候弯着腰。印象中他是黑头发。"

一个陪着斯莱特局长的警长在一旁做笔记。斯莱特又问道："你能指出他具体往哪儿跑了吗？"

"应该没问题。"

巴德带着大家前往那个陌生人在丛林消失的地方。临近路边的树木很茂密，越往沼泽低走，树木越稀疏。艾姆斯突然兴奋地叫了起来，指向淤泥里的脚印。

"我敢肯定，那一定是他留下的！"巴德喊着。

斯莱特局长弯下腰去检查那些脚印，皱着眉头断言说："要是人那么瘦，这脚印也太大了。"

艾姆斯说也许那个逃犯在自己的鞋子外又穿了双猎人靴。这组人随着脚印走了几分钟，但随着上坡的路面越来越陡峭崎岖，脚印不见了。

第二章 激光枪狙击手

"他一定是飞走了。"往回走时巴德嘟囔道。

他们回到巴德目击逃逸者的那片树林,汤姆正按自己的思路,想要找到一些科学线索来解释车子的失灵。被踩倒的矮树丛形成了一条小道,暴露了那个人逃跑前的行动路线。汤姆从树林边缘沿着小道一直走到了路边的一棵巨大的橡树旁。

"快来看看这个。"汤姆激动地叫来伙伴们。

大家都过来检查着树干皮上的一些烧焦痕迹,是最近烧焦的。

"机长,你怎么看?"艾姆斯问道。

汤姆解释说,某些类型的电磁射线也许就能用来"冻结"汽车的转向装置,"这些痕迹可能是那个人手中的射线枪造成的轻微烧伤。"

斯莱特局长点头说:"高度刚刚好。"

"但是,那个卑鄙的家伙到底是谁呢?"巴德愤愤不平地说,"他为什么要出来害你呢?"

汤姆悲伤地耸了耸肩,"我也希望能告诉你为什么,朋友。我现在也搞不懂了。"

斯莱特局长和哈伦·艾姆斯都承诺不放过任何线索。汤姆决定忘记这一切,继续研究最新的项目。那天下午晚些时候,斯威夫特先生到了汤姆的私人实验室。巴德也在那儿,正俯身看着好友的绘图板,观看汤姆勾勒出他那极具创新的新型太空望远镜的设想。

斯威夫特先生目光闪烁着询问道:"你的'宇宙之窗'进展得怎么样了,儿子?"

"还在规划阶段。"汤姆回答说,"但我已经发明了高增益信号放大器。"

巴德咧嘴笑着说:"机长,我对此一窍不通。你的意思是那些最大的观测望远镜都看不到的宇宙中的东西,用这个设备能看到吗?"

汤姆点了点头,"我希望如此,实际上,它不会提供光学望远镜里那种天体光图像,相反,我们会用一种大功率无线电信号对太空进行扫描,反射的信号会在阴极射线管上'画'出一幅电子图像。"

"我明白了,就像通过电视屏幕观看传送过来的星星图片,是吗?"巴德问。

"是的。"

"多么令人兴奋的想法啊!"斯威夫特先生热情洋溢地说道,"想象一下瞥见宇宙的每一个角落——欣赏着星星和银河,这在以前想都不敢想!这会成为你至今最伟大的发明,汤姆。"

受到表扬的汤姆开心得脸都红了,说道:"谢谢,爸爸,但是目前离成功还很远。"

"给你这个万能眼取名字了吗?"巴德问汤姆。

"我决定叫它'百万巨视太空探测器'。"年轻的发明家若有所思地答道,"'百万'代表'一百万'或者'更大'的意思,'巨视'代表'看'或'观赏'之意。"

"呦!"巴德吹了一个充满敬意的口哨说,"看得比以前远了一百万倍!真行啊,汤姆。"

墙上的电话响了,斯威夫特先生离得最近就接了起来。两个小伙子看到,电话里的消息使斯威夫特先生面露兴奋。

挂断电话前,斯威夫特先生说了句:"我们一定去,先生。"

"是长途电话吗?"汤姆问道。

"是的,儿子。孩子们,A国国家航空航天局刚刚邀请我们三个去参加明早的大会,一同商讨政府的载人金星探测项目。"

"金星?哇哦!"巴德高兴地跳了起来。

汤姆和爸爸交换了个眼神,眼前一亮。斯威夫特企业集团有机会领到这个任务吗?

第三章　金星飞行员

第二天，汤姆匆匆吃完早饭，跟妈妈和桑迪告了别。而后他和爸爸一同驱车前往实验站，两人都尽量压制着心头的兴奋。如果斯威夫特公司被委任执行金星的载人航天飞行任务，这将会是他们经历中最为惊心动魄的一次冒险。

巴德在企业集团的飞机场等候着斯威夫特父子，期待着接下来的旅行。一架斯威夫特喷气式飞机已经在跑道上准备起飞，一个半小时内就能到达目的地。

在航天局总部，拉斯·诺斯特罗姆博士——一位长着金发的清瘦男子——热情地招待了他们。"通知很仓促，感谢你们这么快赶来。"博士与他们握手时说道。诺斯特罗姆博士是这个国际太空航行计划的调度员，也是斯威夫特家的老朋友。

"接到你的来电我们都很开心。"斯威夫特先生说道，"这是巴德·巴克利。"

诺斯特罗姆博士对着年轻的飞行员微笑着说："很高兴见

到你，巴德，我们都非常期待你的加入。"

巴德和斯威夫特父子对他的最后一句话多少都有点困惑，但什么也没说。诺斯特罗姆带他们到了会议室。会议室里还有另外两个人——约翰·克拉克和阿诺德·富兰克林，他们分别是天体—动力公司的董事长和总工程师。

"我们之前见过很多次。"克拉克跟斯威夫特父子握手时脸上带着友好的微笑说道，"每次见到A国最伟大的太空先驱者，我都觉得十分荣幸。"

诺斯特罗姆用粉笔和黑板概述了金星飞行计划的细节，又补充道："我们会给太空飞船使用天体—动力助推器。"

汤姆感觉如雷轰顶。天体—动力火箭是由天体—动力公司生产的巨型火箭。尽管这些火箭设计良好，但他认为在推动力和精细度方面比不上斯威夫特生产的火箭。

"也就是说合同已经签订了？"斯威夫特先生惊讶地问道。

诺斯特罗姆点点头说："是的，出于多种原因，我们觉得天体—动力公司适合这次的特殊任务。还有，我们对他们设计的宇宙飞船也很满意。"

富兰克林展开一张张的蓝图，向他们描述着已经进入最后测试阶段的核驱动离子助推飞船。

克拉克说："我们现在的问题是需要一位经验丰富的宇航员。汤姆·斯威夫特是我们的首选，但考虑到他太忙了，所以我们想要借用下巴德·巴克利。"

巴德长吸一口气，这个突然的机会惊得他目瞪口呆。汤姆一时也无言以对。

斯威夫特先生微笑着表示理解，他看着年轻的飞行员说："巴德，决定权在你的手上。"

汤姆很快控制了自己失望的情绪，开玩笑地说道："兄弟，这是个超级棒的挑战！"

巴德不自在地倒吸口气说："我——我不知道该说什么，我想再仔细考虑一下，先生。"

斯威夫特先生看了下表说："我们吃完午饭给你答案吧。"

其他人都同意，并结束了会议。他们在酒店吃午饭时，巴德和斯威夫特父子讨论着当前的情况。

"老实说，我宁愿拒绝这份工作。"巴德坦率地说道，"这工作是很令人激动的，但是，我把自己当作斯威夫特家的人——开始是，以后是，一直都是。"

汤姆咧嘴对巴德笑着，说道："谢谢你，巴德，你这样想我很开心，但不要让这种想法阻碍了你。这会成为一种荣耀——一个驾驶目前最好的宇宙飞船的机会。"

"汤姆说得对。"斯威夫特先生补充说，"我们对你的忠诚深表感激，但是这个项目确实是为国家谋利益的。"

巴德满脸笑容，显得很兴奋。吃完午饭，巴德表示同意接受天体—动力公司的提议。下午决定公布后，航天局总部内的

第三章 金星飞行员

人纷纷微笑，与他握手庆祝。

"周四见，巴德。"克拉克跟巴德说道，"到时会对你进行测试和培训。"

汤姆登上直升机后，坐在了驾驶座上。一旁的人都看得出来因为企业集团没有得到参加金星项目的机会，汤姆感到很心痛。起飞后，汤姆绕了一个大弧，直到飞机升空十千米，离海岸一百千米的地方才停下来。

"我想在降落前来个高空特技飞行。"

巴德咧嘴笑着说："飞起来吧！"他知道这是汤姆想要忘记金星项目的一种方式。

"特技飞行？"斯威夫特先生询问道，说着和巴德一起又紧了紧安全带。

汤姆放低机头，开始加速。他慢慢把操纵杆往回拉，地平线慢慢移到了机头下面。当汤姆飞到完美弧圈最顶端的时候，眼前只看得到蓝天，机上的人都感觉到承重力持续增加到自身体重的近三倍。

汤姆又做了翻滚，先是往右转，接着往左转。然后再次开始加速，并拉起控制杆向右移动，让飞机以垂直爬升的方式翻转。

"不错。"巴德开玩笑地说道，"真不错。"

汤姆转了半圈，飞机上下颠倒，当他想从右侧翻过来时，脸上肌肉僵硬起来。

"怎么了？"斯威夫特先生问道。

"控制杆动不了了！"颠倒着的飞机在加速。汤姆竭力想要活动控制杆，但它丝毫不动。"控制系统中的助推器一定卡住了！"

"试试用助推释放杆呢？"巴德喊道。

汤姆够到了左边的释放杆，用力拉着。他想要扳动释放杆。"不好了，释放杆也动不了！"

飞机开始倒头俯冲。

"空速在增加！"斯威夫特先生提醒说。

汤姆仍在尝试着控制杆，但也没有用。他试着操作手控液压泵，但是没法获得压力。"我再试试配平操控。"

他伸向左边有两个刻度盘的地方，其中一个上面写着：侧翼配平操控。汤姆慢慢地转动刻度盘。飞机微微颤动着，然后有了反应。

"我们转过来了！"巴德大叫。

汤姆继续调控着侧翼配平刻度盘，飞机渐渐转正回来。

"太好了！"巴德欢呼道。

"我们还没脱离危险呢。"汤姆说。

"你现在是在控制吗？"斯威夫特先生问道。

"我在用方向舵控制，但没法升降机头。"

"那我们怎么降落呢？"巴德紧张地问道。

"我会用升降配平装置，虽然结果不好说，但值得

第三章 金星飞行员

一试。"

汤姆小心翼翼地调控着配平装置。他努力将飞机转向肖普顿的方向,然后打开无线电。"斯威夫特塔台,"他说道,"我是汤姆——求救——求救——求救!"

无线电发出响声,接着传来了说话声:"这里是斯威夫特塔台,你遇到了什么困难?"

"侧翼和升降控制杆失效了,我们位于正东一百五十千米处,正尝试使用配平装置降落!"

"好的!东西方向的跑道已备好,可以紧急迫降!西北16度!雷达检测到你了!抢修队已在待命。"

汤姆驾驶飞机飞往企业集团东部的巨型降落场,而后向西转向,以和降落跑道对齐。

"斯威夫特塔台,我是汤姆,我要马上降落!"

"可以降落!"

汤姆稍微减弱了动力以便降落。"我们一会儿必须稍微加速,保证配平装置生效。"

"感觉地面都扑上来了!"巴德提醒说。

随着飞机接近跑道末端,汤姆不断调整着升降配平刻度盘。他增加了一些动力,又将动力调小,然后调整配平刻度盘,飞机头部几乎完全上仰。飞机慢慢地反应着,滑行平飞到离跑道十五米的高度。

"坐稳啦!"汤姆命令道。

第三章 金星飞行员

一个机翼触地了。汤姆狂乱地调整着配平装置。飞机渐渐达到了平衡。机头又开始下沉，汤姆调整升降配平刻度盘，使机头完全上仰又稍微加大了动力。飞机低旋，接着迅速地狠狠摔在跑道上。轮胎发出刺耳的声音，汤姆完全关闭了动力。飞机快速滑行。

"我们差点就飞出跑道！"巴德嘟囔着。

汤姆加大制动力度。就在靠近跑道边界的地方，飞机停了下来。

"呦！"巴德擦了擦额头，来回拍着汤姆的手，"干得不错，天才！全程都让飞机处于你的控制中！"

"我也吓得不轻啊！"汤姆回嘴说。

斯威夫特轻拍着儿子的后背说："做得不错。"

三人下了飞机后，即刻开始查找事故原因。他们熟练地检查了飞机的控制系统。汤姆发现在一个伺服发动机上的线圈短路了。地面工作人员赶到现场，纷纷向他祝贺。

"我想乘客们今天享受够了空中特技，我自己也是！"汤姆咧嘴笑着说道。而后他指出了飞机的问题，吩咐人进行维修。

那天晚上，得知巴德要去参加金星探测项目后，桑迪非常兴奋地说道："我们得办个送别晚会。"说着立刻就给菲利斯打了电话，商量明晚为巴德举办大型晚会的事。菲利斯对这个想法也同样充满了热情，但是打电话问巴德时，他却显得不太情愿。

"就我们四个人聚一下吧。"巴德建议说,"我们中午去山上野餐,晚上去蓝之景酒店吃饭,跳舞。"

"太棒啦!"桑迪同意了,"就这么定了。"

蓝之景酒店位于高山上,俯瞰卡罗帕湖,专门招待背包客和飞行爱好者。酒店在较低的地方建有一个小型飞机场。

第二天,汤姆、巴德和两个女孩坐上了企业集团内的直升机飞往酒店。在一条两岸野花盛开的小河边,他们享用着野餐。然后他们慢慢散步到酒店,还不到晚上,四人都已饥肠辘辘。跟着蓝之景乐队的音乐跳完舞后,他们便坐下来开始享用一顿丰盛的烤火鸡晚餐。

"你不担心巴德去勾引金星吗?"菲利斯逗桑迪说。

"我为什么要担心?"桑迪淘气地说道,"我会找个像火星一样的新男友。"

巴德假装一幅警惕的样子问道:"你俩想干吗?我还没参加项目呢,就想吓我退出?"

桑迪咯咯笑着说:"我都不知道你会在乎!"

"不要太相信他,妹妹。"汤姆开玩笑地说,"他的心是属于火箭飞船的。"

"但不属于他们给我安排的天体—动力那个像空中婴儿车一样的机舱。"巴德厌恶地说道,"斯威夫特家的挑战者号能绕着它俩飞一圈!"挑战者号是汤姆最厉害的斥力装置驱动

第三章 金星飞行员

宇宙飞船，汤姆曾驾驶它到达过月球。

吃过甜点，他们又跳了会儿舞。正当四个人打算离开时，一个服务员递给了汤姆一张字条，上面写着：最好不要坐直升机回家，否则会有生命危险！

微信扫码
☑ 科普视频
☑ 趣味动画
☑ 脑力测试
☑ 交流园地

第四章 二次埋伏

警告字条上没有署名，汤姆不漏声色地将字条折起来装进了口袋里，然后转向巴德。

"回去前去下洗手间吗，飞行员？我们离开一下可以吧，女士们？"

"好的。"桑迪回答道。

在洗手间内，汤姆掏出字条拿给巴德看。巴德读着字条气得脸都涨红了。

"这些卑鄙的家伙！"他大声说道，"他们一定是开车一路尾随我们的直升机，看到我们降落在了这里。机长，我不知道是谁捎的信，但是你的车上次出了那样的事，这次我绝不会让你冒险！"

汤姆并未低估危险，但他指出："也许字条是某个怪人写的，可能跟上次的路边埋伏没有联系。"

"我还是觉得最好不要冒险。"巴德坚持地说道。

汤姆想了一会儿，咧嘴笑着说："让女生们来决定吧，看看她们女生的直觉。"

两个小伙子回到了饭桌上,汤姆镇定地向两个女孩透露了形势。两个女孩很警觉,也很困惑。

看完字条,又听完巴德的观点后,桑迪说道:"也许巴德是对的,就把直升机停在机场吧?汤姆,我们可以叫辆出租车或者租辆车也行。"

"深更半夜到哪租车呢?"汤姆问道。

"简单,打个电话就行啦!"桑迪递给他一张名片说道,"你俩离开时,有个人过来在每个桌上放了一张。"

名片上写着:

汽车出租

昼夜皆可

全天24小时服务

名片底部留了电话号码。

汤姆看了眼名片递给了巴德,眼神尖锐地看着妹妹问道:"发名片的人在哪儿呢,妹妹?"

两个女孩环顾着房间。

"我想他走了。"桑迪说道,"我没太注意。"突然她注意到了汤姆脸上怀疑的神情。"哦!天哪,你不会在怀疑这也是阴谋的一部分吧?"

"如果我真有敌人。"汤姆直截了当地说,"那他一定希望我乘坐租用的车以便在路上对我发起攻击。"

第四章 二次埋伏

"我打赌你的猜想是正确的,机长。"巴德说道,"要是如此,我们该怎么办呢?我们又不能无视直升机不安全的警告。"

桑迪与菲利斯的目光交错,充满惊恐。

"那回飞机场还安全吗?"桑迪紧张地问道。

菲利斯建议说:"汤姆,你不觉得为了安全起见,我们应该寻求警察的帮助,请他们护送我们回飞机场吗?"

汤姆表示赞同,叫来了服务员。付账的时候,汤姆询问服务员有关刚才给他字条的那个人的情况。

"说实话,先生,我以前从来没见过他。"服务员回答道,"他不是我们的客人。"

"他长什么样?"巴德接着问。

服务员还是没有提供太多信息。"我站在门口时,那个人把字条塞我手里就走了,我没来得及看清他。"服务员所能提供的唯一描述就是那个人身材中等。

汤姆请求面见经理,简单跟他说明了情况,并请求经理给附近州警营地的罗克警长打电话。二十分钟后,一辆载着两名警察的高速巡逻车停在了酒店门口。

吉本斯警官此前见过汤姆,听他说完他们的事,要求看一下那张警告字条。"你们有谁能认出上面的笔迹吗?"吉本斯看完后问道。

汤姆摇了摇头,巴德和两个女孩也都认不出来。

"好吧，我们会对它进行测试，并复印一份送到你们的保卫处。"吉本斯承诺道。

"还有件事。"汤姆说着将租车名片递了过去，"这张名片是打印出来的，但是技术不够好，好像是某人手动压机匆匆印出来的。要不要查一下电话号码？"

警官点了点头。"好主意。"

他通过车内的无线电将电话号码告诉了调度员，然后带着一行人往山下赶去。夏季的夜晚十分美丽，清风在松树间吹过。但这帮年轻人忧心忡忡，已没有心情享受这段路程。

他们到达机场后，汤姆、巴德和警官的一位机械师朋友仔细地检查着直升机。直升机似乎状况很好。吉本斯警官又询问了机场的管理者，这位管理者确定没人有机会对飞机搞破坏。

吉本斯和汤姆说了这一情况，并询问汤姆是否想和他的朋友们坐巡逻车回肖普顿。汤姆看了眼巴德和两个女孩，婉言谢绝了。

"谢谢你的好意和帮助，我们决定坐直升机回去。"

在他们平安无事地回到了企业集团之后，巴德开着红色的敞篷车将两个女孩送回了家。

周四早上在实验站内，汤姆和哈伦·艾姆斯商量着这起事件。"那个虚假危险警告的事还是毫无眉目，"艾姆斯说道，"但是对于那个租车名片的猜测是正确的。"

"警察追查了号码？"汤姆急切地问道。

第四章 二次埋伏

"是的,结果发现号码来自一个户外的电话亭,"安保主任说道,"电话亭在一个加油站外,在那能将酒店入口看得一清二楚。"

哈伦推理说,那个在晚餐桌上留下名片的人,可能直接就去了电话亭等电话。同时,他的同伙——那个塞给服务员字条的人——正藏在车子附近的某处,如果汤姆和他的同伴上当打了电话,就用车把他们接走。

"这样一来。"哈伦总结说,"你的谨慎让你免遭暗算。当警车来的时候,电话亭的那个人给同伙报了信,他们就迅速逃走了。"

"真聪明。"汤姆严肃地说。

哈伦表示赞成:"这绝对证明了有人想要伤害你,机长。而且,这个人时刻关注着你的一举一动,你一放松警惕就出手。"

汤姆许诺会多加小心。

"同时。"哈伦补充说,"我会增加一倍的警卫在这里。"

在离开哈伦·艾姆斯的办公室前,汤姆询问L国首都的制氦机器爆炸事件是否有最新消息。

"还没有,我听到的最新消息就是加斯帕德还在住院,整件事情好像被新闻封锁了。"

汤姆跳到车上,开往私人实验室,一路上思绪万千。对于这几次企图伤害他的事件,汤姆很是困惑也很生气。谁才是幕后主谋，又是为什么呢？

斯威夫特父子和他们革新性的发明向来都是一些诡计多端的罪犯和不法机构的目标。最近一次是汤姆利用三栖原子能车在中东的一项困难重重的工程任务中，与残暴的宿敌进行搏斗。上至太空下到海底，这个年轻的科学家对取得新成就的渴望从未消失，但也面临着重重劫难。

只是以往他的敌人都是为了谋求一些有价值的东西——通常是汤姆自己的某个发明，而这次他们的动机完全就是个谜。汤姆叹了口气，不再纠结于当前的谜题，大步走进了实验室。

"太多事要做，没时间担心了。"汤姆这样想着在工作台旁坐了下来。

他很快就投入到研究太空望远镜出现的问题上。为了可以像看电视一样观测到遥远的天体，他必须要将集中的无线电波传送到太空中没有轨道的地方。但眼下无线电能源就像池中散开的涟漪，不断分散成扩大的波纹。他该怎么解决这个问题呢？

"总不能当我想看点什么的时候就将同轴电缆拿到外太空去吧？"汤姆笑着自嘲道。

但要是不使用反光镜，他就得找到一个方法保证无线电脉冲能自己找到正确路线，穿过太空时集中在同一光束内。

几周以来，汤姆绞尽脑汁，希望能灵光一闪找到答案。信号必须由一种特殊的振荡电路生成。汤姆拿起铅笔和计算尺，

很快在一张又一张纸上写满了表格和计算结果。

最后,汤姆终于找到了满意的答案,便一心投入到电子装配的工作中。

一堆晶体管部件和电线交错组装在一起,工作台上渐渐出现了设备的雏形。

"汤姆!……汤姆!"一声尖叫突然扰乱了年轻发明家的思路。

他抬头看到一个穿着高跟牛仔靴身形矮胖的人笨重地走进实验室,鞋子发出咔嗒咔嗒的声音。这是查尔斯·温克勒,绰号乔,前流动炊事车厨师。他在斯威夫特父子去西南的一次原子研究旅程中加入了他们的队伍,现在主要担任长途旅行的厨师,有时也在实验室为汤姆和他爸爸做饭。

乔和往常一样,穿着花哨的运动衬衫,秃头上戴着一顶宽边高顶帽。奇怪的是,他本来古铜色的沧桑脸庞变得十分苍白。

"究竟是怎么回事?"乔喘气说道,"烟火在厨房里跳起了舞!"

第五章　幽灵烟火

汤姆还在思考着工作,看着发抖的牛仔问道:"烟火?乔,你在说什么呢?"

乔拉着汤姆的胳膊央求道:"头儿,你亲自去看看吧!我请你吃太空菠菜,一定是有鬼,要么就是厨房闹鬼了,要么就是你的那个外星朋友捉弄我呢!"

乔说的是斯威夫特公司来自X星球的神秘朋友,他曾和汤姆保持通讯长达数月之久。

汤姆和乔跑过走廊进入私人厨房。应厨师的要求,厨房被安排在了实验楼内,这样每当他心爱的年轻老板在努力创造新发明时,他就可以快速"送上"特别的美食。

走到厨房门口时,汤姆惊讶地停了下来。整间屋子满是嘶嘶作响的蒸汽轻轻爆裂——每一次都发出小鞭炮一样的声音!

这些幽灵似的东西不知是从哪里冒出来的。

"天啊,你没开玩笑,乔!"汤姆喘气说道,"幽灵烟火!"

第五章 幽灵烟火

"你是说这些真是幽灵造成的?"乔喘息着问道,面色愈加苍白。

"呃,我不是说真是幽灵——但我同意,这看起来的确很像幽灵所为。"汤姆满脸困惑地点头说道。

"烟火"不仅在半空中跳动,还有的在房顶上、柜子上和墙面上。

汤姆注意到爆裂的蒸汽间距离是相等的。汤姆突然明白了是怎么回事,放声大笑起来。

"请你坐我的火箭小摩托,这有什么好笑的?"乔问道,怀疑可能是汤姆在捉弄他。

"老前辈,淡定。"汤姆说道,"我想我找到原因了,在这儿等我会儿。"

想到要被丢在这个诡异的地方,乔一脸不安,但还是同意了。汤姆飞快地跑回实验室。几分钟后,汤姆回来的时候,烟火已经消失不见了!

乔满脸疑惑地问道:"汤姆,你到底做了什么?"

"就是关掉我最新的逆平方反比电波发射器。"乔惊讶得下巴都要掉下来了。汤姆笑着说:"这是我最近正在研究的新型太空望远镜的一部分。它能够产生一种特殊的无线电波,但我刚把它关掉了。"

汤姆继续解释说道:"无线电波直接穿过了厨房。每过几秒,巨大能量就发射出一个脉冲。在电波的节点处会产生强烈的热量，这就造成了空气中的水蒸气迅速膨胀，每个脉冲都会产生一系列带杂音的微弱爆炸。"汤姆指出水蒸气都聚集在厨房的顶部，而干燥的空气无法吸收无线电波，只有水才能吸收。

乔用一块大红手帕擦着前额说："只是普通的水蒸气，是吗？我请你吃疯草，真开心知道不是幽灵在作怪，刚刚真是吓死我了！"

突然，乔有了个新想法。"你说，这些幽灵烟火还挺可爱的，头儿，要不你再把机器打开，让我再好好瞅瞅他们好吗？"

"当然可以啦。"乔表现出的兴趣和前后态度的反差让汤姆很想发笑，但他憋住没笑，起身去打开机器。然后他又回到厨房，和乔一起看着这诡异的景象，一直看到觉得新鲜劲过了才停下来。

汤姆笑着说："我打赌，在得克萨斯的流动炊事车上你可看不到这些。"

"要是那里能看到的话，我立刻就辞掉这里的工作。"乔热切地宣称道。

下午晚些时候，巴德突然来到实验室，在动身前去跟大家告别。尽管对于未来的前景兴奋不已，但巴德一想到要离开汤姆和斯威夫特企业集团这个熟悉的环境，兴奋感顿时减弱了很多。

第五章 幽灵烟火

汤姆也一样感觉无比悲伤，他们曾一起在那么多次无畏的太空之旅中同舟共济，但这次他却不能和好友一同前往未知的新旅程。

"火箭小子，让我看看在那个云层覆盖下的金星上你会发现些什么。"汤姆尽量愉快地说道。

"没有你的陪伴，快乐也会打折，机长。"巴德像开玩笑但又心不在焉地捅了下汤姆的肋骨，就突然大步离开了。

汤姆情绪有些低落，回去继续研究起电波发射器。他仍因为斯威夫特企业集团没能受邀参加金星探测项目而感到郁闷。

"哦，对了，"汤姆抛掉了不愉快的情绪，自言自语说道，"如果我能及时完成百万巨视太空望远镜，就可以看到巴德的整个旅程了。"

受这种想法的驱动，汤姆在接下来的两天都在不停地工作。

他一直都和艾姆斯保持着联系，但还是没有任何关于神秘敌人的新线索。

"等我一完成探测器工作，就亲自调查这件事。"他坚定地说道。

到第二周的周三时，汤姆的电波生产设备微型实验模型已经完美运行了。

汤姆兴高采烈地将模型展示给爸爸看，斯威夫特先生大吃

第五章 幽灵烟火

一惊。

"儿子,你已经解决了最大的问题。"老科学家说道,"说实话,我都曾怀疑过这到底能不能做成。单是这一个设备就会给通讯领域——尤其是军事通讯带来革命性的影响。"

汤姆点了点头道:"是的,爸爸。实际上,关于将它用在无线电通讯方面,我有自己的计划。"

爸爸走后,汤姆给汉克·斯特林和亚弗·汉森打了电话让他们赶去他的办公室。金发、宽下巴的汉克是企业集团的首席制模工程师和故障检修员。他一丝不苟的工作态度帮助推动了许多项目走向成功。身材魁梧的亚弗身高三米,是个多才多艺的工匠专家,他负责将汤姆的模型制造成真实的发明物。

"你的太空望远镜进展怎么样了?"汉克问道。

"只完成了一部分。"汤姆回答道,"我一会儿会用模型给你展示怎么运行。然后我想请你们根据模型制造出一台全尺寸的机器。"

两人都饶有兴趣地看着汤姆演示他的微型样品模型。在信号生产设备和放大器一旁的设备有个奇怪的天线,是由一系列的支撑环连在管子一样的结构上形成的。

当汤姆称这个设备为"逆平方反比电波发射器"时,亚弗满脸困惑。"再说一遍。"他皱着眉头喃喃地说道。

汤姆笑着说:"你听说过反平方比定律吧,说的是信号的强度和来源距离的平方成反比。"

汤姆用粉笔在黑板上匆匆写下了个简单的例子。"如果从一米外能接收到二十单位的电灯泡光线，那么在两米外只能接收到五单位的光线。"

"这是因为光线和别的能量形式都是以扩散波的形式传播的，所以距离越远，接收的信号就越少。"汤姆继续道，"但是，我之所以称我的设备为逆平方反比电波发射器是因为它的信号不会变弱，它的信号会持续集中在一个光束内。"

汉克怀疑地摸着下巴说："办法很巧妙，但是怎么实现的呢？"

"看着。"汤姆说着打开窗户，通过计算机设备将天线对准地平线上依稀可见的一座小山。"我在那座山上连接了个接收器。"汤姆解释说，"山上接收的信号强度可以通过遥测信号装置传送到实验室。"

汤姆在调试完设备后，轻轻地转动开关，控制面板上的仪表记录着传送信号的强度。

两个一模一样的仪表上，指针指向了同一瓦数，这表明山上接收到了全部信号。

尽管汉克和亚弗觉得难以完全理解汤姆写下的复杂电波分析的过程解释，他们还是显得很有兴趣。毕竟，这位年轻的科学家给出的全尺寸发射器的图纸和数据，对他俩来说，这是常规的工程。

第五章 幽灵烟火

亚弗承诺道:"我们会连夜加班,明天早上之前组装完这个发明。下一步要做什么?"

汤姆一只手捋过竖起的平头说:"我打算研究一种特殊的无线电,但是首先,我打算抽点时间做些调查工作。"

汉克和亚弗都听说了对汤姆的袭击未遂事件。汉克关切地皱起了眉头。"机长,注意安全啊!无论谁是那个暴力的幕后黑手,他都不是闹着玩的。"

"看起来是这样。"汤姆同意道,"但是不用担心,我会带着哈伦和一些安保人员跟着我。"

半小时后,汤姆开着企业集团的吉普车停在了树林边的路旁——就是他的跑车莫名其妙翻过去的地方。一同陪着汤姆的,有哈伦和他身材健壮、肌肉发达的助手菲尔·拉德纳以及另外一个安保皮特·哈里斯。

"我们要彻底搜查整片林子。"汤姆说,"那个激光枪射手,不管他是谁,一定是开着车或者乘坐别的什么交通工具来这儿的。他也许绕一圈回到了他停车的公路边。就算没有鞋印,我们也许也能够还原他的活动路径,找到线索。"

这些安保人员点点头,四处散开尽可能地扩大整片区域的搜索范围。

几分钟后,他们走到了发现脚印的沼泽湿地。现在脚印几乎消失了,但汤姆知道警察已经做了石膏模型,保留了脚印的

尺寸和鞋底印记。

四个人步伐沉重地走下岩质斜坡，从另外一侧下到了浅水边。他们涉水过河时，汤姆突然喊道："看那边！"

第六章　线索被盗

警卫们在河中间停了下来，回头望向汤姆指的方向。在他们右侧的河岸上，两块石头中间夹着一只猎人靴！

"干得好，汤姆！"艾姆斯回喊道。

汤姆跑向那里，艾姆斯和他的助手紧随其后，水里溅起了阵阵水花。靴子在石头中夹得特别紧，汤姆拔不出来。

"穿这鞋的人一定是匆忙过河时把脚卡在这儿了。"拉德诺推理说。

汤姆用尽力气，想要将这只胶皮靴拉出来。"鞋子夹得这么紧，这家伙能跑掉真走运！"

最终，菲尔和皮特吃力地将两块石头拉开一些，让汤姆把靴子拽了出来。

汤姆仔细地观察着这只靴子，尤其是鞋底的波纹图案，然后带着探询的神色将鞋子递给了艾姆斯。

这个安保主任仔细研究着鞋底的印记，开心地点头说道："这和警察采集的印记是一模一样的。"他把手伸进靴子里摸

第六章 线索被盗

索,但除了一些线头以外什么也没有。艾姆斯将线头装进兜里说道:"我们要把这只靴子交给警察,这些线头也许是从他裤子上掉的。"

哈伦猜想那个逃跑的人穿一只靴子会觉得不舒服,会将另外一只也丢在岸上的某个地方,他建议说:"我们四处找找看吧。"

找了一个多小时也没找到,岸上也没有逃亡者的任何踪迹。最后这组人又回到了小河边——就是艾姆斯放第一只靴子的地方。

"天啊!鞋子不见了!"菲尔·拉德纳大喊。

四周都不见靴子的踪影!他们展开疯狂的水下搜索以防靴子被冲到了水里。但是仍一无所获。

"我真是犯了天大的错误。"哈伦生气地自责道:"我早就应该知道,不该大意地把靴子放这儿。"

"没有关系,哈伦!"汤姆大声说道,突然他想到了一个办法。"这说明这个罪人认为回来找靴子很安全,或者说明他一直跟踪我们,并且人还在附近。咱们把他找出来!"

四人匆匆跑过小溪,汤姆跑在最前面。他们沿着崎岖的小路跑回了大道上,边跑边留意着两边的树木。突然他们听到远处传来汽车发动后加速开走的声音。

"来晚了!"汤姆惊呼道。

但他和同伴还是想冲过去看清车牌号。当他们拨开挡路的树枝，跑到大路时，车子已经不见了。四个人气喘吁吁地看着彼此，又恼火，又喘不过气，没人说话。接着菲尔大声吼道："真不走运！"

汤姆若有所思地说："我们也没办法知道敌人在监视，但起码我们发现了他就在附近，而且我们还有他靴子里的线头。"

"真希望能识破他的阴谋。"哈伦若有所思地说道，"不管怎样，机长，我们都不能再冒险了，我会派个人贴身保护您，跟踪那个跟踪你的人！"

汤姆大笑起来。"那样我可得谨慎行事啦。不能约会，不能——"

他们依次上了吉普车，开回了斯威夫特企业集团。汤姆又一次独自在私人实验室吃午饭——乔端进来一份热气腾腾的牡蛎，配着咸饼干和柠檬蛋白派。这个体贴的厨师感觉到了这位年轻的老板因为一些问题内心正纠结着，他没有打断老板，只是说了句："用餐愉快，小牛仔！"

"谢谢你，乔。"

汤姆反复思考着两次神秘的攻击行为。这背后隐藏着什么？谁才是他的神秘敌人？

最终，忧心忡忡的汤姆在吃完饭后，还是决定忘记整件事情。他迫切地想要完成他的计划：将逆平方反比原理运用到一种新型无线电上。

实验将需要两台单独的收发报机。汤姆已经胸有成竹,他只带着画好的简单初步草图和电路图,就立刻投入到了组装工作中。

"无线电得是小尺寸、低功率的。"汤姆推理道,"因为他们要在很窄的射线波束上传播。"

每一台无线电装置的底部都需要装上一台微型电脑。汤姆改装了两台"小傻瓜",轻松地完成了组装。"小傻瓜"是一种神奇的微型电子脑,是他曾经为幽灵卫星探险所发明的。

几个小时过去了,汤姆仍在实验台边卖力工作。实验台上很快就放满了相关的电子设备。

和往常一样,每当汤姆的创造思维迸发时,他就会变成工作狂。

新型无线电和他的望远镜一样都有高度敏感的放大电路,需要通过液态氦来保持超低温状态。这就意味着循环管和外壳必须有超高的承压力。

"这样就很难保持设备的轻便性了。"汤姆沉思着。

突然他眼前一亮。"耐压塑料!我怎么早没想到呢?"

耐压塑料是汤姆发明的一种具有神奇性能的塑料。它有着任何一种金属都无法匹敌的强度和轻盈度。

汤姆在发明三栖原子能车时,就是用它来放置革命性的原子能发电机的。

塑料很容易就成型了，一会儿工夫汤姆就将无线电的外壳和连接氦的线圈装了上去。下一步的工作就是安装电子线路和底架。

当无线电设备快要完成的时候，汤姆放慢了速度。他又一次想到激光枪袭击的事，那次没能得逞的埋伏，猎人靴子失踪又重现，这些事不断萦绕在汤姆的脑海中。

汤姆再一次尝试不去想这件事，但是他做不到。他猛地坐在了实验室的凳子上决定索性想个明白。

不一会儿，一个新的想法突然闯入他的脑海。在L国发生的制氦机器爆炸会不会和这次神秘袭击有关呢？会不会是加斯帕德，或者可能盗走他发明的人，因为展示失败而迁怒于他呢？

也许心灵扭曲的幕后黑手是在实施报复！

"这只是种预感。"汤姆想着，"但是也许值得一查。"他随即给哈伦打了个电话说明了自己的推测。

"我想有这种可能。"这位安保主任同意道，"总比什么猜测也没有强。你想好接下来怎么做了吗，汤姆？"

"要不让警察调查下每一个在肖普顿的L国人？"

哈伦答应会去照办，他提醒道："但这会花费很长时间的，机长。"

汤姆刚挂了电话，实验室的门就被开了，巴德·巴克利走了进来！汤姆既惊讶又开心。

"怎么回来了?"他问道,又开玩笑地加了一句,"别告诉我你被炒鱿鱼了!"

巴德淡淡一笑。"没有,但是金星项目出了点问题。汤姆,我正考虑辞掉飞行员一职!"

第七章 危险！

"辞职？"汤姆盯着巴德说，"你是说真的吗？"

"千真万确。"巴德坐到一个高凳子上道。

"可是为什么啊？"汤姆不依不饶地说道，"你难道没认识到这会是种荣耀吗？你会是地球上第一个成功登上其他星球的人！"

巴德的答复是固执地耸了耸肩，他好像在搜索着用什么话来表达自己的困扰。

"这不仅是种荣耀，这也是政府要求的项目。"汤姆接着说道，"你不是在给天体—动力干私活，而是出于国家利益参与这个项目的。"

"我当然知道。"巴德局促不安地说道。

"那你是遇到了什么问题？"

"我的副驾驶员，就是因为他！"巴德生气地脱口而出，"那家伙真惹人烦！"

汤姆将他瘦长的身躯倚靠在椅子上，若有所思地皱着眉头。他知道巴德不是个轻言放弃的人。如果他和副驾驶员之间发生了矛盾,那一定是到了要打起来的地步才会让巴德想到辞职。

"那个人叫什么?"汤姆问道。

"奇彼·霍尔布鲁克,他是海军飞行员,每个人都叫他霍尔布鲁克上尉。"

"没听说过。"

"我也希望没听说过他。"巴德回了句,"他很年轻,但是是那种很顽固的人。"

"他的专业知识怎么样?"

"他的确是个优秀的火箭专家。"巴德承认,"他在卡纳维拉尔角为许多飞机做过发动机的调整。但和他一起工作真让人不爽!他几乎每个小时都会来打扰我,准时准点地打扰!"

听巴德描述霍尔布鲁克的惯用伎俩,就是在检查程序时或者模拟飞行中批评他的驾驶方法。

霍尔布鲁克总是不断地提出意见,这些意见在巴德看来都是为了吓唬他的——因为犯错到了一定程度,巴德可能就会失去担任金星项目飞行员的资格。

"另外一个他爱耍的花招。"巴德继续道,"就是每次和克拉克或者富兰克林进行讨论时,他就会对我抛出许多针锋相对的问题。"

"有什么样的问题?"汤姆问道。

巴德生气地回答道:"比如,关于离子推进器之类的问题。他从一开始就对天体—陨石的设计了如指掌,所以他对天体—陨石的情况倒背如流,但我还在学习它的特性呢。"

巴德解释说,天体—陨石是即将飞往金星的宇宙飞船的名字,飞船会在天体—动力运载火箭的助推下升空飞往金星。这种运载火箭的动力装置和斯威夫特家在各种太空船上使用的动力装置不一样。

"他的目的当然就是让我出错,好看我在高级将领面前出丑。"巴德紧握拳头说道。他坦白自己前一天差点就和霍尔布鲁克打了起来。

汤姆不安地看着这位身材健壮的朋友起身,在他面前来回地踱步,最后问道:"他到底是出于什么对你这种态度?"

"嫉妒呗,还能是什么?"巴德怒声说,"我想他一直认为自己会成为机长。他会生气,我不怪他,但是我能怎么办呢?"

汤姆意识到整个局势可能会变得很难看。即使是两个没有隔阂的飞行员,在漫长的太空飞行中同挤在狭小的机舱内也很容易惹怒彼此。如果他们以敌人的身份开始这次旅程,俩人可能还没升空就出现生命危险,更别指望金星探测项目能成功了。

汤姆起身搂着巴德的肩膀。"听着,兄弟!"他心平气和地说,"没想,我明白你面临的问题很棘手。但是记住,这个

第七章 危险！

项目是推动A国太空项目的重要一步。你不能让整个国家失望！"

"我当然也不想了，汤姆，可是我想不出解决办法。"巴德不开心地叹了口气说道。

"这样想吧。"汤姆说道，"你觉得你俩谁更有资格驾驶飞船——你还是奇彼·霍尔布鲁克？"

巴德面露尴尬，答道："我也问了自己这个问题几百遍了。霍尔布鲁克是个优秀的火箭行家，但是他从来没出过地球，此外，我觉得他是个很敏感的人，我不确定如果到时候遇到棘手情况他会做何反应。"

"也就是说——"汤姆挑起眉毛疑惑地问道。

"如果你想要个直接点的答案，那就是我真心觉得我更适合这份工作。"

"我也这么觉得！"汤姆拍着好友的背部说，"你的太空飞行经验都有霍尔布鲁克的十倍多了，而且我相信你知道怎么应对危机。既然这样，你还打算让他打扰你在金星探测项目中的正当地位吗？"

巴德严肃的表情慢慢舒展开了。"照你这么说的话——坚决不会！"说着脸上露出了笑容。他继续说："你知道吗，我从没那样想过，这让我一下释然了，总之，我感觉好多了。"

汤姆也笑了说："想想你以后回想起你到过金星时，会是什么感受！"

巴德翘起了交叉的手指，说："我还没到那呢。"

汤姆笑着走回到了工作台。巴德跟在他身后，饶有兴趣地看着汤姆制作出的两个外形奇怪的无线电装置，每个装置顶端都装了一个小的球型全方位天线。

"这些是什么？"巴德问道，"你的最新发明？"

"是的，而且是双胞胎。这是我设计的一款新型无线通信，它在我们的太空工作中会非常有用。"

"好吧，别给我留下悬念。"巴德恳求说，"机器的亮点是什么？"

"有了这种无线电。"汤姆说，"我们就不需要用干扰设备来保密了。"

"怎么做到的？"

"因为世上没人能偷听到我们的谈话。"

巴德大吃一惊，问道："你是在开玩笑吗？"

"没有，是真的。"汤姆回答道，"要是有人想要将自己的天线调到我们的双向光束轨上几乎是不可能的。但还是有微乎其微的可能——若真是那样我们就会立刻收到警告，因为这会破坏我们的双向触点。"

巴德又一次坐在了凳子上，兴趣盎然，双眼放光，回应道："哦？说下去。"

汤姆解释了他的逆平方反比电波原理。通过这种原理，无线电信号可以通过一个单一闭合的光束传送到任何距离的地方。

第七章 危险！

"当你第一次发送信号时。"汤姆继续说道,"无线电会以普通的方式发射信号,但是只要你和你所联系的信号站取得联系,反平方比电波原理就会生效。

"通过每个无线电底部的电脑,两台设备就能立刻'锁住'对方。一旦锁住,信号就会在一个窄波束内传输——也就是说没有别人能偷听到了。"

"太棒了!"巴德热情地欢呼道,"绝对保密吗?不会出现串线的捣乱者么?"

"如果操作得当,我相信不会有。"汤姆微笑着回答,"我由此给它想了个名字。"

"什么?"

"你听说过私家侦探吧。"汤姆开玩笑地说道,"那么,我的无线电就叫私家耳朵。"巴德放声大笑,他良好的幽默感完全恢复了。

汤姆继续工作,将氦制冷器上的管子连接到了其中一个无线电设备上。

"这是做什么用的?"巴德问。

"放大电路有着精确的信号要求,所以必须将他们浸入液态氦中。"汤姆解释道,"除非它们自己能保持超低温,否则分子运动就会产生大量噪音。"

"哇,我猜这是你最精致的发明了吧?"

汤姆笑了笑说:"将制冷器装到设备上后,每当机器运行时,制冷器内部的一个小制冷压缩器就会不断制出液化氦,就像个微型的电冰箱。"

突然两个小伙子向后蹦去,只见一股白色的蒸汽突然从无线电的外壳冒出!似乎有一股刺骨的寒气袭入了实验室。

"天——天啊!怎么了?"巴德喘着粗气问道,牙齿不禁打起颤来。

桌上、文件柜上及所有的实验室设备上都被蒙上了一层白雾。两个小伙子站在一边颤抖着,汤姆匆忙停下了氦的流动。

"我刚刚打破了牛顿的重力定律!"汤姆心有余悸地说道。

"拜托,教授!不要开玩笑啦!"巴德恳求道。

"这不是玩笑,是事实。"汤姆解释说,无线电装置底部连接的接管发生了断裂。无线电外壳内的液态氦为了逃离,立刻向上爬去。"知道吗,制冷器里的液态氦就是一种有名的'超流体'。这是世界上唯一可以自己向上流动的物质。"

汤姆补充说,那股白色的"蒸汽",就是空气中浓缩的水蒸气,那是液态氦在空气中蒸发冷却空气的结果。

"现在,我总算都弄明白了。"巴德说,"你可要当心啦,汤姆。要是警察发现你刚刚打破了重力定律,你会成为嫌犯的。"

"喔噢!"汤姆拍了下脑门说道,"要当个'嫌犯',我应该去伤伤人啊。"

第七章 危险!

尽管巴德不愿离开，还是准备动身了，飞机很快就要起飞。

汤姆目送着巴德在企业集团飞机场坐上了一架小型喷气式飞机。

快到工厂关门的时间了，汤姆决定回家。一天的事情加上实验室紧张的工作，使他精疲力竭。巴德和奇彼·霍尔布鲁克之间的隔阂让他也深感沉重。

汤姆开着跑车，出了大门，往回家的一条树林近道拐去。暮色渐渐降临，路边的树影笼罩着整条人行道，阴阴沉沉，如深潭一般。

汤姆打开车灯，有点心不在焉。突然，急切的鸣笛声让他回过神来。

汤姆看了下后视镜。一辆重型卡车正向他冲来。而鸣笛声显然不是卡车发出的——似乎更像是卡车后面的一辆汽车发出的。

汤姆感到脖子后的汗毛都竖起来了，他有种诡异不祥的预感。

车子突然开始晃动起来。"哦——哦！"汤姆叫道。车轮又一次失去控制了！

汤姆反应迅速，猛地踩下刹车，熄了火，爬过座位，跳到车外，冲到了路边空地上。

向前猛冲的卡车戛然而止，传来了刺耳的刹车声，离汤姆

的车子只有几厘米。当他跑过去时,刚好看到了那辆鸣笛的汽车停在了卡车旁。

黑暗中传出一声尖锐的命令:"举起手来!"

第八章　识破阴谋

汤姆松了口气。是哈伦·艾姆斯的声音！一切都发生得太突然了——刺耳的鸣笛声、车子的失控、自己的紧急避险——汤姆已经不确定刚才究竟是怎么回事。

他大步走回路边时，看到那辆汽车堵死了卡车的退路，从车内跳出三个人。一个是哈伦，另外一个是穿着制服的警察，第三个人是肖普顿警局穿着便衣的坎普警长。

三人围住卡车，坎普警长走到卡车驾驶员身边猛地拉开车门说道："够了，你们下车！快点！"

两个男的举着双手走了下来。司机身材矮壮、长相凶狠，穿着皮质夹克衫。他的同伴，身形高瘦，穿着花呢运动外套和宽松的长裤，戴着一顶毡帽，帽檐盖住了他的眼睛，但仍能看出明显的面部轮廓。

"这么大费周章是要干什么？"他很是不满。

"我们也正想弄明白呢！"哈伦厉声说道，"你为什么跟踪汤姆·斯威夫特？"

第八章 识破阴谋

"谁说我跟踪他了？"那个司机很不友善地反驳道，"我从来都没见过这孩子！哪条法律规定不能和他在同一条路上开车了？"

哈伦目光冷冷地盯着这个人说："有法律规定过你不能试图杀人——这足够让你俩在监狱里呆上很长一段时间了。"

这个司机假装惊讶。"我们根本没动过他一根手指头！"

"几天前。"哈伦说，"汤姆的车在相同的路段失控，翻了过去，是埋伏在这儿的某个人所为。今晚你俩开着卡车一直尾随他，然后事件重现，没错吧，汤姆？"

"正是，所以我踩下刹车，跳下了车。"汤姆回答道。

坎普警长对警察说："迈克，搜身！"

警察在司机的夹克衫里搜出了一把挂在腋下枪套里的点38左轮手枪。

"你有持枪证明吗？"

司机阴沉着脸摇了摇头。

在高个子的大衣口袋里搜到了一个金属结构的上端有打火机的烟盒。警察将东西还给了他，后来又在男子的右手口袋里搜出了一把短管自动手枪。

"我猜这把手枪是你的腕表吧。"坎普警长讽刺地说道。高个子男子瞪了他一眼，但什么也没说。"迈克，检查卡车。"

警察走向卡车的后面时，汤姆略带怀疑地说道："介意把

第八章 识破阴谋

你的烟盒给我看下吗？"

"是的，当然介意。"那个男子说道。

坎普警长一把抢过香烟盒递给了汤姆。汤姆将烟盒对着高个子的男子，假装要按下顶部的打火装置。

"嗨！注意点你瞄着哪儿呢！"男子脸色苍白地喊道。

哈伦饶有兴趣地说道："机长，这是个什么东西？"

汤姆挖苦地笑了笑说："要是我没猜错的话，是某种光束机器。"

他轻轻地打开烟盒。哈伦和坎普警长看到烟盒里的东西，惊讶得倒吸了一口气。烟盒里装的不是香烟，而是紧密组装在一起的电子零件！

"显然顶端像打火机一样的结构就是开关了。"汤姆说道。他被这个东西深深吸引住了。

此时，迈克已经拿着手电筒搜查完车篷和驾驶室了。他回来报告说车内除了一件夹克和一些工具，没有别的什么了。

"我们能把手放下来了吗？"司机大喊一声。

"好吧。"坎普警长说，"既然你开着车，给我看看你的驾照，还有你的。"他对着那个高个子加了句。

两人老实地掏出钱包。司机的名字叫威廉·塔潘，他的同伙名叫雷蒙德·邓斯坦。警官没说什么，把钱包还给了他们。

"我们会将你俩带去警局。"他说道，"现在以合谋和使用致命武器攻击他人的名义对你进行逮捕。"

"致命武器？"高个子喊道，"你是说我的香烟盒吗？这么个小玩意儿怎么会是致命的呢？"

"这些话到警局再说吧。"汤姆说道，"我对着你瞄准时，你看起来很害怕啊。"

"你不能就凭这一理由把我带去警局啊！"那个司机在咆哮，"我以前从来没见过那个东西！"

"首先你未经允许携带秘密武器。"坎普警长说道，"除非你能说服法官说你之前也没见过那把点38左轮手枪。"

两位警官将被抓住的人押送进警车内。哈伦主动要求开卡车。汤姆还是开他自己的车。

离开前，汤姆满怀感激地说道："谢谢你，哈伦。你和警察们来得真是时候！"

哈伦解释说，他和另一个警官从实验站出来后一直跟着汤姆。"我们看到卡车就停在了路边，一直在加速跟着你。我们估计可能会有不好的事发生，所以坎普的搭档就按喇叭想给你提个醒。"

他们到警局后，斯莱特局长认真地听着坎普警长汇报着事情经过。两个罪犯戴着手铐面色阴沉地站在一旁。

斯莱特目光锐利地盯着卡车司机说："肖帝·塔潘是吗？怎么，现在来肖普顿混了是吗？"

司机面红耳赤什么也没说。显然他原本觉得自己不会被认出来。

第八章 识破阴谋

"他是谁？"汤姆问道。

"根据警方记录他是个暴力犯。"局长解释道。"好了，老实交代！"斯莱特厉声说，"这一切是怎么回事？"

"别问我们。"肖帝·塔潘回答说，"你的侦探们在路上把我们拦了下来带到了这儿。我们就知道这些，是不是，雷？"

高个男子点头道："局长，你没有理由把我们留在这儿，我们带枪是为了对付抢劫犯。"

这时，另一个警官走了进来，递给斯莱特一张手写字条。警长读完后，用一种轻蔑的眼神看着两名罪犯。

"对付抢劫犯？"局长哼了一声说道，"胡说八道！你们开的那辆车是偷来的，而且里面什么也没有！"

两名罪犯面面相觑。斯莱特趁热打铁地一顿审问，但是什么也没问出来。最后他愤怒地放弃了，转向汤姆说："那个光束机器怎么回事？"

汤姆将金属盒子递给了局长检查。

"你知道它的原理是什么吗？"

"我猜想它是某种激光斥力设备，就像我的斥力装置一样。"汤姆解释说，"但是这个可能带有颤动和拖拉的功能。这就解释了为什么我的车子会在路上前后晃动。"

斯莱特警长建议在警车车库前一片铺好的院子内测试下这个设备。一个警察开着车慢慢驶向汤姆，汤姆站在警车不远的地方，瞄准车子，按下打火装置。无论车上的警察怎么转弯，汤姆都能够将车子从一边移向另外一边。

"要是司机在车外，激光能对他造成伤害吗？"艾姆斯问道。

汤姆咯咯笑着，摇了摇头说："不会，我刚才是为了吓唬邓斯坦。他可能除了知道怎么按下开关，别的什么也不懂。"

"无论谁设计的这个东西，他一定是个了不起的科学家。"哈伦评论说。

"恐怕你说对了，哈伦，也许他就是袭击事件的幕后黑手。"

回到局长的办公室，两名罪犯依然不肯合作。邓斯坦坚持说自己从来没使用过光束机器，还说汤姆翻车时自己也不曾到过树林边。他说自己只是为了帮别人的忙，代为收着光束机器。

"代谁收着？"斯莱特询问道。

邓斯坦耸了耸肩，他的口风很紧什么也不说。

"好吧，给他俩登记入册。"局长吩咐警长说，"也许在牢里待上一段时间，他们就不会这么嘴硬了。"

晚饭时间过了很久汤姆才回到家，发现母亲还是在烤箱里给他留了热饭。汤姆不想让母亲担心，就没跟她提起刚才发生的袭击事件，但后来跟父亲一五一十都说了。

斯威夫特先生虽然内心不安，听完之后还是以他一贯的冷

第八章 识破阴谋

静说道:"儿子,我知道我不必再提醒你多加小心了,但是显然,这个光束设备说明你要面临的是个很危险的敌人——特别是,他还是个聪明的科学家。"

汤姆表情严肃地点了点头说:"我知道了,爸爸,不用担心,我会小心的。"

那天晚上,巴德·巴克利给桑迪打来电话。汤姆已经和桑迪说过了奇彼·霍尔布鲁克以及他是如何见机就贬低巴德的。汤姆很开心听到妹妹对巴德说:"听说霍尔布鲁克是个十分讨厌的人,但是没有关系,巴德,我相信总有一天你会让他刮目相看的。"

飞行员咯咯地笑着说:"谢谢你,桑迪,能有你这样的人给我打气,我怎么能失败呢?"

他们聊了一会儿后,桑迪叫来哥哥:"巴德想和你说话。"

汤姆接起电话:"嗨,宇航员,怎样了?"

"这个还有待观察吧。"巴德回答道,"听着,机长,我在这儿遇到了些事,我觉得你有必要知道,但是现在电话里不方便说,我尽快飞去你那儿告诉你。"

汤姆回答道:"好的,巴德,回头见。"巴德的话让汤姆既困惑又好奇。

第二天早上,汤姆到实验室时,他又遇到了一件怪事。他打不开门了,无论是用电子钥匙,还是机械钥匙都打不开。

汤姆眯着眼睛说:"太奇怪了。"

他穿过走廊,几步走到了另外一个门前,这扇门里面是间挨着实验室的小单间。汤姆有时做全天实验时,就会在那里面吃饭休息。

汤姆快速地将电子钥匙调换到新的频率,向门锁发送信号电波。门很轻松地就开了,汤姆赶忙穿过房间走到通往实验室的内门前。汤姆试了两把钥匙,还是打不开门。

实验室大门的两把锁都出问题了!

"这绝对不是巧合!"汤姆不安地想着。

第九章 神秘的记号

"站这儿瞎猜也无济于事。"汤姆嘟囔道。他拿起屋里的电话拨通了实验站的电话。

电话接通后,汤姆说道:"你好,杰克逊,我是汤姆,在我的实验室,我给你找了个开锁的活儿。"

"好的,汤姆,我随后就到。"

几分钟后,一个35岁的黑发男子带着一包工具赶到了走廊,他就是坦布里奇·杰克逊。他身材细长,稍微有些驼背,手指看起来细长灵敏,是企业集团的锁匠专家。

"出什么问题了?"他问汤姆。

"我打不开实验室的门了,里面那道门也打不开。"

"我可以试试你的钥匙吗?"

汤姆将钥匙递给他。杰克逊先试了电子钥匙,又试了机械钥匙。他熟练的手指似乎在尝试着"感受"哪里出了问题。

"嗯。"

杰克逊没再多说,打开他的工具包,拿出一个撬锁工具开始探查锁的内部机械结构。他眉头紧锁地试了十多分钟后，一脸困惑地放弃了。

杰克逊静静地盯着锁，然后说："当然了，如果这是一把不可打开的锁出现这种情况还情有可原——一般来说，我在两分钟内就能把它打开。"

"想再试试里门吗？"汤姆建议道。

"也行。"

他们走进小屋，杰克逊在第二道门上试了同样的方法，还是没能成功。

"我猜你造的这些锁质量太好了。"汤姆咯咯一笑说道。

杰克逊神情困惑地摇了摇头。他沉思着说道："这太奇怪了，你有做过什么实验可能会将锁'冻结'吗？"

汤姆笑着坦白说："昨天下午，我的确泄露了一些液态氮，这使得屋里冷得要结冰了。"看到杰克逊一副当真的表情，汤姆急忙补充说："当然，我明白，你不是说这种类型的冻结。"

锁匠再次打开了工具包。"看起来我必须把锁给卸下来了。"他说道。

门锁的装置十分复杂，他花了近半个小时才将锁从门上卸下。汤姆立刻将锁拿进实验室，用一个手动真空吸尘器检查着各个部件。他们只发现了一些灰尘和碎料。汤姆将部件清空，放进了一个试管中，还从润滑部件上刮下了几片油脂放在玻璃

第九章 神秘的记号

载片上,然后将这些部件置于一台斯威夫特分光镜下进行分析。

"这里面没有不对劲的地方。"他嘟囔道。

汤姆又一次拿起门锁,用放大镜进行检查。

"嘿!这不太对劲!"他注意到裸露的金属表面有一种特殊的像波浪一样的划痕标记,划痕似乎太过规律,不像不小心弄上去的。划痕十分模糊,汤姆要是不用放大镜根本就发现不了。

他想:"这些痕迹会不会是我的逆平方反比电波发射器或者私家耳朵实验造成的?我发誓我可不知道会这样。但是话说,某些形式的辐射确实会产生一些科学家都无法解释的影响。"

与此同时,开锁匠杰克逊已经将另一个门上的锁也卸下来了。

"我看看。"汤姆说道。

他用放大镜检查了门锁,这个锁上也有着一样奇怪的划痕。汤姆将锁还给了开锁匠杰克逊,杰克逊说要把门锁带回车间并尝试把它修好。

杰克逊走后,汤姆站了一会儿,陷入了沉思。他眼睛扫过实验室,思考着遗漏之处。突然,他注意到了一些刚才忽略的现象。

屋里许多金属的物体都变得乱七八糟的!一个金属试管架

第九章 神秘的记号

倒向一边砸碎了一些玻璃。一把焊接枪和一些别的工具都掉在地上，一些螺丝和电子配件也从五金架子上散落下来。

汤姆急切地想要在这些东西上找出划痕，可是，在他所发现的金属物中，没有一个上面有着和门锁上一样的划痕。

"似乎又进了死胡同。"这个年轻的发明家思考着。

既然门锁是唯一带有神秘记号的物体，汤姆推理，那他们应该是在实验室外动的手脚。

可是为什么呢？他们是想入室抢劫吗？

汤姆迅速地检查了实验室。似乎什么也没丢。回想起制氢机器设计可能被盗的事，汤姆赶忙翻看了自己的文件，还是一样，先前发明物的所有的规划和图纸似乎都原封不动地放在那儿。

"真是奇怪。"汤姆嘟囔着。

不一会儿，开锁匠杰克逊回来了，手里拿着两把新的锁说道："旧锁的内部机器结构好像遭到了破坏。"

将实验室的新锁装上后，杰克逊开始收拾工具包。他正要将汤姆用来做分光镜灰尘分析的那把锁装进包里。"等下！我想留着那个。"汤姆说道。

这个开锁匠有些犹豫，汤姆的请求让他有些惊讶。"这已经坏了。"杰克逊说道，"只会给你的实验室添乱，也许锁内的某些部件我还用得着。"

"不要担心。"汤姆笑着说，"这也许是个线索，能让我

第九章 神秘的记号

知道发生了什么。"

杰克逊将锁递了过去，没说什么就走了，他那颧骨突出消瘦的脸上露出不赞成的神色。汤姆呵呵笑着，然后坐在实验室的凳子上继续琢磨着这件怪事。

试想他最初的猜想是正确的，也就是锁上的标记是由某种辐射造成的？但是辐射不可能是从他实验室里传出的，因为实验室内没有这种标记。

"这就意味着是有人在实验室外所为。"汤姆推理着。但是斯威夫特企业集团内有谁会在他实验室的门上使用这种激光或无线电波束呢？

突然汤姆记起他车子发生的事和前天晚上在邓斯坦那儿发现的那个光束机器。那个机器和使用在门上的是同一种设备吗？

"真糟糕，我把那玩意留在了斯莱特局长那儿了。"汤姆想，"不然我就可以拿来测试找到答案了。"

局长说他会把光束机器立刻移交给调查局实验室。现在那个金属盒可能已经在路上了。突然，汤姆又有了主意。

"我可以检查下我的车！"他嘟囔说。

带着放大镜，汤姆急忙跑到他停车的地方。在那儿他对车身一寸一寸地仔细检查。

起初，检查似乎毫无结果，看不到任何希望，因为车身在那次翻车后就已经留下了很多划痕。这很容易掩盖汤姆要找的那种划痕。

汤姆坚持不懈地找着。终于，他在右侧门把手旁边的车漆上发现了一些模糊的波浪划痕。

"这和门锁上的划痕很相似！"汤姆兴奋地对自己说。

汤姆回到实验室，依然很困惑。邓斯坦和塔潘当然不可能有机会对门锁做手脚，因为他俩昨晚已经被关在监狱里了。那么如果汤姆的猜想正确，门锁上的确被使用了某种激光，那就说明他还有一个逍遥法外的敌人。

"而且敌人就是这里的某个人，"汤姆意识道，顿时心觉不快，"要么是某个在这儿工作的人，要么就是能够进入实验站的人！"

汤姆给哈伦·艾姆斯打了电话，和他讲述了事情的来龙去脉。这个安保主任得知汤姆的敌人也许就是他们都认识的人后，也吓了一跳。

"你确定车上的标记和锁上的划痕一样吗？"哈伦问道。

"不，我不能肯定。"汤姆承认道，"划痕看起来很新，但是也许是翻车时留下的，就像别的划痕一样。尽管这样，我认为还是应该追查下去，哈伦。"

"我觉得也是。"哈伦同意地说道，"我会和警察进行核对，找出塔潘和邓斯坦所认识的人，这样我们就能知道他们是否在实验站有同党了。"

第九章 神秘的记号

"谢谢你,哈伦。"汤姆说道,"我真希望我的猜想是错的。"

"就这一次,我也希望你是错的,机长!"

汤姆回去完善私家耳朵实验,研究他的百万巨视太空探测器。"要想观看巴德的金星飞行,我可得加紧工作了。"

汤姆思考着:下一步就是找出一种方法能将他的探测器聚焦到太空中的某一点。这就需要运用他的逆平方反比波束。

年轻的发明家陷入了沉思,这时乔·温克勒拖着笨重地脚步走进实验室说:"老板,有你的快递,要拿进来吗?"

第十章 突如其来的警告

汤姆心不在焉地抬头说:"是什么啊,乔?"

古铜肤色的厨师朝走廊竖起拇指说道:"我猜,是某种储气罐吧,就放在外面。"

"哦,对,我又多定了些氦留着备用。"汤姆说道,"拿进来吧!"

乔匆匆走出门,不一会儿推着一辆手推车,上面放着一个印着橘色条纹的罐子。

"老板,你想把这个放哪儿啊?"

"先放在靠墙那儿吧,谢谢。"汤姆说,"最好把车子也留那儿,这样我可以自己把它挪走。"

乔停下沉甸甸的车子,辗转着不想离开。他盯着罐子,摸着自己的双下巴,大声地清了清嗓子。

"我请你穿太空背带裤,"他喃喃道,"这东西真的跟我那件橘色的T恤好像。"

"什么意思?"汤姆朝那边扫了一眼,"啊,你是说罐

第十章 突如其来的警告

子的颜色啊,那个就说明里面是氦气,颜色不同气体就不一样。"他补充道。

"哦,这就是那个颜色的作用,是吗?"这个厨师听上去有些失望。

汤姆疑惑地看着他,突然眼前一亮大声说道:"嗨,老同志,你哪儿弄那么多风格独特的衣服?"

乔对于花哨的男士衣服,尤其是男士T恤的嗜好常常成为企业集团的笑料。但这个奇怪的爱好给这个厨师无穷的乐趣。他夸耀着自己上等牛仔T恤的行头,这身行头像孔雀的羽毛一样混杂着彩虹的各种颜色。

但是汤姆认为他现在身上穿的那件秒杀了所有的衣服,看着几乎让人睁不开眼睛。他的T恤不仅有着炫目的橘黄色,上面还装饰着亮片!

"很抢眼,是吧?"乔笑着说,"我只花了一点钱就把它淘来了。"

"好吧,真是物超所值。"汤姆同意道,心里却窃笑,不论花多少钱,乔都被宰了!

"等我下次路过商店时,我可以给你带一件,老板。"乔慷慨地说道。

"呃,不用了,谢谢。"汤姆摇了摇头说,"这样,岂不是在抢你的风头。"

"可别这么想。"这个厨师只听懂了汤姆的表面意思。

"这种衣服很漂亮，穿着这种风格迥异的衣服很容易吸引到大众的眼球，让你有种穿着考究之感。"

"那是一定的。"汤姆眼神闪烁地说道。

乔脸上露出满足的微笑离开了，用他那嘶哑的男中音走调地哼唱着《牧场是我家》。

汤姆微笑着回去继续工作。"一会儿再来解决扫描的问题。"他自言自语道，"首先我必须弄明白，怎样适当地调整光束，才能使它精准地到达我想要看到的那个太空物体上。"

可是要怎么做呢？当信号传播到一定的距离后，让它停下来似乎是不可能的。"我总不可能像切掉一段连着的香肠一样把无线电波束给切断吧？"汤姆沉思着。

乔的到来让汤姆想起了厨房幽灵烟火的事儿。烟火都是在无线电波束的节点处产生。汤姆的探测器波束自然也会在节点处终止。

它会终止吗？

"当然不会！"汤姆兴奋地意识到，"我可以在任何一点阻止波束，只需要用另外一个反向180度的信号将之抵消就行了。"

换句话说，他需要发射的不是一个而是两个同时的无线电信号。汤姆拿起铅笔开始绘制电路图。

"实施这个想法要做的精确调试的确是个大挑战！"他想，"我最好先看一看探测器，在脑海里对整个装备有个明确的认识。"

汉克·斯特林和亚弗·汉森已经按时完成了逆平方反比发射器的全尺寸模型。巨大的定向天线已经被送往企业集团主楼顶上斯威夫特家的私人天文台,在那里发射器会装在一个旋转底座上。

电波发射器被封在一个盒子一样的控制台内,控制台里还放有高增益放大器和氦提取机器。汤姆打开控制台的后板检查着。

"做工够细致。"他评论道,"但这整套设备还需要一个更大的外壳。"

汤姆回到实验室,应用最新的"波束终点技术"着手改进发射器。这是他在心里为百万巨视太空探测器的最新部分所起的名字。

汤姆从午饭后一直到下午都在不停地工作。巴德·巴克利走进实验室时,他正在检查终接电路。

"嗨,机长!"

汤姆惊讶地起身热情地喊道:"嗨,火箭能人!没想到这么快又见面了!"

"他们要检查遥控装置,就给我放了个假。"巴德说,"又给你的太空探测器新增什么了吗?"

"我正在策划着怎样确定观看物体的准确范围。"汤姆回答说。

"跟我说说吧。"巴德央求道。跟往常一样,他还是对好友的最新发明抱有浓厚的兴趣。

汤姆解释了他的波束终点技术,但是巴德单从讲解中还是不能明白。因此,汤姆走到黑板跟前拿起一支粉笔。

"假设我们想近距离观看月球。"他开始道,"我们同时发射出两条信号,但是信号波长略有不同。"

汤姆写下了例子。"一条信号波长假设100米,另外一条是100.0001米。"他快速地算了一下。

"如你所看到的,当两条波束穿过太空时,他们会变得趋于异向,当它们到达月球时,他们就会成为刚好形成异向180度的两条电波,这就意味着他们会互相抵消,那样我们就能得到一个扫描月球表面的终点。"

巴德眨着眼睛说:"我明白了,伙计,就像一台现场直播的电视,能看到宇宙的任何地方。"

"我们还是先不要野心太大。"汤姆笑着提示说,"你在天体—动力公司那边怎么样了?"

"金星探测项目上还可以。"巴德回答说。接着他表情严肃地说:"为了防止有人窃听我不想在电话里谈起,所以等到现在才告诉你最新消息。"

"天体—动力公司,"巴德继续道,"最近安排了他们的工程师参加一个展示会,展示的是一台革命性的新型无线电,是由谢尔兰德公司发明的。他们在A国的代理人叫朱尔斯·弗

第十章 突如其来的警告

斯特,他已经带着无线电抵达天体—动力公司。

"据他们跟我说,这个无线电和你的私家耳朵设备的运行原理是一样的,汤姆!"巴德义愤填膺地说道,"它也是通过一个窄束电波发出信号,建立联系后锁在一起,防止别人插线。"

汤姆也为这个消息吃了一惊。"确实很难相信这是巧合,巴德,"他缓慢说道,"尤其是我也是在昨天才刚刚完成设备。"

"我就知道!"巴德愤愤不平地说道。

"我想了解详情,记得告诉我展示会上的报告内容。"汤姆继续说道,"继L国加斯帕德的氦机器一事后,我的其他计很可能也被神秘地偷走了。无线电设计我只画了粗略的草图,但是只要是个科学家就能看懂。有一件事可以确定——如果他们以某种方式复制了草图,这一定是在昨天我们离开后发生的。"

"能想到什么嫌疑人吗?"

汤姆摇了摇头说:"没有,这完全是个谜,而且今天早上又发生了一件怪事。"

汤姆和巴德讲述了实验室门锁"冻结"的事。巴德听完后也感觉摸不着头脑。两人讨论了一会儿,汤姆又开始工作,巴德坐在实验室的椅子上看着。

汤姆将装有氦气罐的车子推到了工作台旁,打算放些氦气到制冷器中。突然走廊传来一阵吧嗒吧嗒的高跟靴声音，接着传来乔的一声吼叫：

"孩子们，快逃啊！"

巴德和汤姆瞬间惊讶地看着对方，猛地向外跑去。

他们刚冲出门口，实验室就发生了可怕的爆炸！

第十一章 月球之旅

实验室内爆炸的冲击波将两个年轻人击倒在地。巴德头部撞到了墙上,汤姆倒在走廊里。

"头儿!头儿!你还好吗?"

乔的声音听起来很低沉,像蒙了层棉絮一样。汤姆摇了摇头,试着让自己清醒。

"我……我还好。"汤姆在乔的帮助下挣扎着站起来,"快去看看巴德!"

乔急忙走向倒在地上的巴德,这时,汤姆看到走廊上的哈伦·艾姆斯正跑向自己,他面色苍白,神情焦虑。

"谢天谢地,机长你没受伤!"他喘气说道,"巴德,你也没事吧?"

"我还好。"巴德没能站起来,但还是忍痛笑着回了句话。他摸着自己头上肿起的包,乔搀扶他站了起来。

这时,员工们从四面八方冲向走廊,显然,建筑外的嘈杂声说明了整个企业集团都听到了爆炸声。

"到底怎么回事?"汤姆问艾姆斯。

"我接到了一个匿名电话提醒。"哈伦解释,"来电的人说有人将刚送往你那儿的罐子里的氦换成了氢。我给你打电话,通过实验站的对讲机联系你,但都没有回应,所以,我急忙开上吉普车赶到了这儿。我赶到走廊时看到了乔,就喊他赶紧提醒你。"

"真及时。"巴德严肃地说道,"再晚一秒,我俩这会儿就完蛋了。"

"真是个奇迹。"汤姆同意。他和巴德握着乔和哈伦的手说:"谢谢你们救了我俩的命。"

"感谢那个匿名的来电者吧。"艾姆斯回答道。

"要是能找到他是谁,我一定会向他表示感谢的。"汤姆说,"查看下损失吧。"

两个小伙子和哈伦穿过员工人群走进了实验室,乔留在外面安抚着大家。

乔像个牧牛人安抚一群小公牛一样拖着长音道:"没事啦,各位。"

同时,汤姆看到实验室内爆炸造成的破坏,心痛不已。整个实验室一片狼藉,玻璃碎了一地,档案柜倒在地上,架子上和工作台上散布着电子碎片和碎玻璃。

"天啊!"巴德嘟囔着。

片刻间,实验室里只听见破碎的化学瓶内液体往下滴的声

第十一章 月球之旅

音。汤姆走过去检查着他的太空百万巨视探测器的残骸。控制台好像被一个大锤给砸开了,内部的电子电路已经被损坏得不成样子。

"真倒霉啊,机长。"艾姆斯小声嘟囔着。

巴德拍了拍汤姆后背说道:"汤姆,你经历过比这更糟的事,但他们都没能阻止你,这次也不行。"

汤姆艰难地咽了口唾沫挤出一个笑容,语气坚定地说道:"对,不会的。但是似乎我们这个未知的玩伴想要妨碍我的进度,幸好我的私家耳朵无线电没有惨遭毒手。"

私家耳朵这个最新的发明已近被送往费林岛——斯威夫特的火箭基地——用来做太空测试。

"哈伦没能用电话和对讲机联系上我们,这事儿太奇怪了。"巴德沉思着。他拿起话筒,说道:"没有拨号音!"原来对讲机根本没有信号。

两个小伙子和哈伦开始寻找哪里出了毛病。巴德一下就发现了问题。所有的通信线路都是通过一根电缆进入实验室的。在出口处,电缆绝缘已经被彻底烧没了,还烧断了一些电线造成了电话和对讲机系统的短路。

哈伦一脸疑惑地问道:"是蓄意破坏吗?"

"我觉得不是,绝缘层可能过于破旧造成了漏电,也有可能是我实验的电磁感应对电线造成了影响。"

年轻的发明家做了仔细检查,最后得出结论——电路故障是个意外。

"氢气阴谋没能得逞真是万幸。"艾姆斯庆幸地说道。

汤姆想离开实验室,哪怕一小会儿也行,他看着实验室内的残迹感到十分沮丧。

"我们去医务室吧,让辛普森医生给你检查下头部。"他对巴德说道。

但他这个健壮的朋友反对道:"你不会以为小小的爆炸就能把我这种厚脑瓜怎么样吧?"

汤姆哈哈笑着说:"当然不会,但你也知道,我们刚才能活下来就是个奇迹。"

"机长说得对,最好还是看看吧。"艾姆斯笑着说道。然后又补充说:"在此期间,我会对气罐的开关进行检查。"

巴德嘟囔着,但是明白了汤姆的真正缘由后,在两个好友的陪伴下坐上了吉普车。汤姆开着车,在安全保卫大楼处将哈伦放下,然后去了医务室。

医生简单地给巴德检查了下,也认为巴德的伤情并不严重。两个小伙子便开车去了哈伦的办公室。

"好消息,我们有线索了!"这个安保主任见到他俩开心地说道。他用镊子夹着一张弄脏的纸片。

纸上草草地写着:He换成H_2。TS。

"氦气换成氢气——汤姆·斯威夫特!"巴德看了一眼大声地将信息翻译了出来。

"你在哪儿找到的,哈伦?"汤姆兴奋地问道。

"我去实验室警告你时,拉德诺在我桌上发现的。"艾姆斯说,"在我打不通警告电话时,大家都十分紧张不安。不管是谁将纸条留在这儿的,他一定是不想引起注意。"

"也许和打匿名警告电话的是同一个人。"汤姆猜测说。

哈伦点头:"他一定发现了这张纸并猜出了其中的含义。"

"但又是谁写的这张字条呢?"巴德义愤填膺地说,"如果是那个打电话人放在这儿的,他一定是在企业集团工作的人!"

"毫无疑问。"汤姆同意道,"继上次门锁一事,我们已经知道的确有个员工参与到对付我的阴谋之中。但是从电话一事看,他不会参与任何致命的阴谋。实际上,他也许甚至都不知道谁写的字条。"

哈伦提出说:"也许他知道,但却不敢揭发幕后黑手。"

"不管怎样。"这个安保主任继续道,"字条给情报员传递了明确的线索。字条上也许还存留着写字人或者那个将字条放到桌上神秘报信人的指纹。对纸片进行分析可以追查到它的生产商和卖家,也许会引出更多的线索。"

"有任何最新进展记得及时通知我。"

"放心吧,机长!"

当天晚上,巴德和斯威夫特一家共进晚餐。晚饭后,桑迪放起音乐,和巴德跳起了舞。汤姆在屋里不安地徘徊着,最后走进了父亲的房间。

汤姆父子聊了会儿天,讨论着白天那些扑朔迷离的事情。斯威夫特先生很快注意到儿子的沮丧,建议道:"也许你需要换个环境,要不去月球一趟,对你的新型双向无线电做个测试?"

汤姆立刻眉开眼笑地说:"爸爸,这个主意太棒了!既然要去太空,我还可以做个别的测试——我们那天讨论的'单一重力恒定系统'!"

"那又是什么?"巴德问道,他和桑迪刚好推门进来找汤姆。

"是太空中一种带你尽快到达目的地的方法。"汤姆回答,"这种方法可以免受重力的过多冲击。"

"但是你在挑战者号上时也没感受到太多重力的冲击啊。"桑迪蜷缩在沙发上说,"起码不像在火箭上感觉那样明显。"

"是的!"汤姆同意道,"因为没有发射时的瞬息冲击。但是我们也需要利用反冲射线抓紧加速才能继续保持速度。"

汤姆解释道:"'单一重力恒定系统'可以完全避免任何升空加速。相反,在单一重力的速度下飞船可以平稳顺畅地加速升空,保持长达六千秒的时间。接着,飞船就会减速变慢,以同样的速度再保持另外一个六千秒,等这六千秒结束时飞船

第十一章 月球之旅

就已平稳地降落到月球了。"

"哇!"巴德说道,"要是我没算错的话,只需两百分钟就可以到达月球啦!"

"正确,或者说是三个多小时。"汤姆说,"而且一路都不会颠簸。"

巴德难以置信地摇了摇头:"听起来真棒,真希望能和你一起去。"

"我也是。"汤姆说道。

巴德在斯威夫特家住了一晚。第二天早上,两个小伙子在企业集团的飞机场握手告别。巴德乘坐直升机走了,而汤姆开着他的"旋转小鸭"(汤姆发明的直升机和喷气式飞机的混合体)直达海边。

恐怖岛位于肖普顿的正东方,距离海岸只有几千米。这片拇指形状的沙丘和杂草地已经被建造成了斯威夫特的绝密火箭实验室,这里有无人机和雷达的严密守卫。公司大批的海洋直升机和海上喷气机都停在这里。

透过低矮的云层,汤姆看到了小岛,他给塔台发送信号解除警报。汤姆跟随导航,穿过了盘旋在小岛上方起保护作用的无人机群。降落后,汤姆开着吉普车赶往发射地。

挑战者与那些隐现在空中的庞大、尖头的火箭形成了鲜明的对比,汤姆的月球飞船看起来像个巨大的银色陀螺。它的盒状机舱悬浮在球形的护栏框内,护栏是飞船的斥力装置辐射体的旋转轨道，飞行员在太空中可以通过操控飞船来确定反冲射线的方向。斥力装置围绕护栏旋转，这样飞行员驾驶飞船时，就可以向任何方向发送反冲射线了。

"嗨，机长！"斯利姆·戴维斯看到汤姆来了热情地打着招呼，"我们已经准备好起飞了。"

斯利姆是斯威夫特的一位试飞宇航员，前一天晚上他已经和其他五位机组人员做好了准备。

汤姆和斯利姆很快登上了机库舱板，升降梯将他们带到了飞行舱。汤姆坐在主驾座位上，斯利姆坐在副驾驶座上，他们都绑好了安全带。

接着，他们快速检查仪器是否正常，然后传来了无线电机务长乔治·迪林的声音："一切顺利。"

汤姆按下斥力装置的开关，打开分析器的电路。上方的元素选择器面板的灯亮了起来。汤姆给辐射体通了电，机舱内开始响起低沉的嗡嗡声。伴随着轻微的嗖嗖声，挑战者号向空中飞去。

"我现在将推动力调到单一重力模式。"汤姆说着在调整完控制旋钮后指向电源开关。

斯利姆点点头。他已经对这次飞行流程了如指掌，说道："我会注意观察飞船的位置，到正中时提醒你。"

很快，挑战者号冲过电离层，进入到了黑暗、没有星光的太空。透过石英玻璃窗，他们看到了汤姆的太空哨站——十二

个闪闪发光的哨站像辐条一样悬浮在地球上方稳定的轨道上。

"祝你们降落顺利,巡航愉快!"站内无线电员和他们打着招呼。

汤姆笑了笑打开麦克风道:"我们会从月球上给你寄明信片的。"

一个半小时过去了,巡航进展顺利。斯利姆看着右手侧的控制面板,上面有一个电脑显示器,刻度盘上显示了挑战者号距离月球以及别的天体的距离和方位。当飞船刚好到达地球和月球的正中间时,斯利姆示意汤姆,汤姆将控制杆向前推去,以放慢飞船的速度。

透过玻璃窗,他们看到正前方月球越来越大,很快就惊讶地看到了月球上清晰可见的陨石坑和锯齿状的山峰。在距离降落八十千米处时,汤姆控制斥力装置悬停在半空中,观察着月球的风景。

"准确无误。"斯利姆看了一眼表说道。

三名机组成员从配电室和冷却监测室出来,走进飞行舱加入到同伴的行列。

"你是说我们这就到了?"一个人开着玩笑说道。

"啊,多么美好的一次飞行呀!"另外一个补充说。

汤姆正忙着做些热身运动,给他带来的私家耳朵无线电进行调试。他说道:"挑战者呼叫费林,能听到吗?"

几秒之后传来了微弱的回应声,但由于静电干扰,没听清

汤姆·斯威夫特和百万巨视太空探测器

说的是什么。

"我们还得再改进设备。"汤姆嘟囔说。他调整了输出设备并微调了控制装置,重复了一遍他的呼叫。

信号穿过月球和地球之间的空洞区用了两三秒时间。

"汤姆,我们听得很清楚,旅行怎么样了?"这是乔治从火箭基地传来的回应。

"太棒了,乔治,从现在起,将单一重力恒定系统定为挑战者号的标准例程。"

汤姆与基地保持着联络,突然信号中断了,设备传来一阵尖锐的哨音。汤姆迅速地调整控制装置但还是没能重新建立联系。哨音似乎更响了。

"我很不喜欢这种干扰。"汤姆低声对斯利姆说。

他的副驾驶带着疑问的目光看着他,问道:"这是什么,一个敌人?"

"也许是闯入的天体。"汤姆说道。

第十二章　幻影神偷

斯利姆·戴维斯吃了一惊。他不禁想，汤姆刚才的话是不是在开玩笑，但是汤姆的表情却十分严肃。

这位宇航员紧盯着他左侧荧光屏幕上的飞船定位仪的显示。

"看！"他叫道。

屏幕上似乎逐渐显现出一个细小微弱的光线。难道是正朝着他们飞过来的物体吗？也许是个导弹？定位仪虽然包罗众多天体的图像，但很难显示附近物体的精确图像。

"快！打开雷达搜索！"汤姆大声说。

斯利姆打开雷达时，汤姆在脑海里紧张地权衡着两种应对方法，是该迅速赶回地球，还是在月球上找个庇护处？他必须当机立断——哨音变成了刺耳的哀鸣。"我们最好还是躲到月球去，而且要快！"汤姆决定道。

斯利姆指向雷达显示器上的一片闪光区，汤姆当即抓起控制杆。

"好吧,有东西要过来了!我们继续直线航行!"斯利姆紧张地咕哝道。

挑战者号已经感受到了三号斥力装置的动力驱动。在反冲射线的推动下,飞船又一次远离地球向月球表面飞去。汤姆对准一个陨石坑完成了降落,这个地方在一片名为雨海的平原旁边。

"这个陨石坑可以起到保护作用!"汤姆对斯利姆说。

他的声音淹没在不断增强的刺耳哨音中。紧接着,他们看着一颗巨大的发光流星从右手边疾驰而过!

挑战者号转换位置时降落得太突然,船身剧烈晃动起来。船员们喘着粗气抓着隔板保持平衡。

"我们差一点就变成太空碎片了!"斯利姆俏皮地说道,尽管他的脸都吓白了,"机长,还好你让我们及时降落了!"

汤姆微微一笑。刚刚他也和别人一样吓得不轻,但是这会儿他已经回过神来,考虑着如何完善私家耳朵无线电。

"我想这证明了一件事!"汤姆说道,"这个设备还需要在过滤干扰方面加以改进。在它未穿过无线电波前就引起的噪音你也听到了。"

现在,飞船已经升到空中,盘旋在陨石坑的上方。汤姆说:"可惜我们没时间登陆了。"说完开着挑战者号向地球飞去。

飞船一到达恐怖岛,汤姆就从船内移出私家耳朵,从迪林

第十二章 幻影神偷

基地通信处取走了另外一台无线电设备。这天晚上汤姆住在了岛上。第二天一早他就开着他的旋转小鸭飞回了肖普顿，那天刚好是周日。

汤姆周一早上刚到达实验站，就直接去了父亲的实验室。他打算在自己的实验室没有收拾好之前，先用父亲的实验室，斯威夫特先生当时不在。

汤姆急于着手解决无线电的电路问题。他已经想到了很多进一步精确微调设备和去除干扰的方法。"也许我还可以改进天线电的设计。"他自言自语道。

无线电的底架很快就被拆出来放在了实验室的工作台上，汤姆皱眉研究着示波器上的电波模式。他一直工作到下午，到结束时他觉得已经解决了出现的问题。

那天晚上，汤姆先享用了一顿丰盛的烤牛肉晚餐，之后在娱乐室和桑迪打了会儿乒乓球，读完一本一直在读的悬疑小说，便早早地准备上床睡觉了。

"爸爸是对的。"汤姆换睡裤时想道，"月球之旅真的让我忘记了烦恼——尽管差点和流星撞上了。"

第二天早上冲了个澡后，汤姆感觉自己已经做好解决一切困难的准备，包括重建百万巨视太空探测器的工作。

"希望恢复实验室的工作不要浪费我太多的时间。"汤姆吃早饭时对父亲说道。

"我会跟你一起去。"斯威夫特先生说道，"也许能帮上忙。"

汤姆和父亲一起开车去了实验站，停在了一栋玻璃墙面闪闪发光的实验大楼前。在走廊上，汤姆对着新锁按下他的电子钥匙，门收到信号，发出嗡嗡的声音。汤姆推开门，还没等两人走进去，汤姆就惊讶地停下了脚步。

实验室内秩序井然！

"爸——爸爸，发生了什么？"汤姆有些结巴地问道。他四处看着，疑惑地问父亲："我的意思是，这里完全没有被炸过的痕迹！"

斯威夫特先生笑着说："原谅我忍不住想要看看你的反应。汉克、亚弗、乔和我决定在你离开的时间里快速地将这里清理干净。当然在修理过程中也有很多人过来帮忙。"

最令汤姆惊讶的是，在他的工作台上放着一台崭新、闪亮的巨视太空探测器，刻度盘上没有任何裂纹，丝毫看不出最近受到过损伤。

"爸爸，这真是太棒了！简直让人难以置信！"汤姆说着跑过去检查着这个新的模型。

"希望这个逆平方反比电波发射器，还有其他部分都是和你的发明一样的。"斯威夫特先生说，"这我们是按照你的笔记和图纸做的。"

汤姆快速检查着各个部件。工艺上毫无瑕疵，甚至是最新的波束终点电路也被完整地装在了最后一个晶体管上。汤

第十二章 幻影神偷

姆原本需要设计一个更大的外壳,而现在这种外壳已经装好了。

"爸爸,这太不可思议了!"汤姆喊道,"除了谢谢,我都不知道该说什么了。"

"那就别说啦,儿子。"斯威夫特先生笑着拍了拍这个青年的背部说,"就当我们都热爱为科学做贡献吧。"

但父亲离开后,汤姆做的第一件事还是打电话给汉克·斯特林、亚弗·汉森和乔,依次向他们道谢。

完好如初的实验室让汤姆精神振奋。他觉得似乎本需要几天的工作眨眼间就完成了。现在,省去了收拾烂摊子的麻烦,他可以全身心投入到完善太空探测器的工作中了。

探测器下一步需要的部件就是一种射线"透镜"。这是除了产生波束终点的两个信号外发射的第三个信号。第三个信号会充当电波的扫描仪,对探测器的锁定区域进行扫描。信号的一部分会在波束终端反射回来,反射信号由一个超级接收器接收,这个超级接收器就会将天体图像传输到探测器的显示屏上。

"这个办法一定能成功。"汤姆自言自语道,"只要我能及时地收发载波信号就行。"

上午很快就过去了,汤姆一直在工作台旁拼命地工作。他抽了些时间为他的新无线电做了最后的规划和整理。午饭时,他边吃着火腿三明治边计算着一系列电力分析方程式。时间一点点地流逝着。

忽然，电话响了。汤姆拿起电话看了眼时钟已经将近晚上七点半了！

"亲爱的，你不觉得自己该回家吃饭了吗？"妈妈问道。

"哦，抱歉我忘记打电话了。"汤姆略表歉意地说，"乔已经给我炖了些吃的，闻起来可香了。我今晚就在实验室公寓过夜。"

"好吧，儿子，早些休息！"

汤姆独自吃完饭后继续工作。当他走进实验室旁的小房间准备睡觉时，已经将近夜里十二点了。他很快就睡着了，但随后又被依稀可闻的噪音吵醒。

"声音是从实验室传来的。"他想着，立刻警觉起来。

他悄悄地起身，从裤子里拿出电子钥匙，打开了墙上的一个窥视孔。汤姆设计这个窥视孔用来在实验室外观察一些危险性的实验。

"天呐！"汤姆心想。

一个戴着面具、拿着手电筒的男子正从实验室的文件柜里盗取文件！

第十二章 幻影神偷

第十三章 面具之下

"那个洗劫实验室的贼!"汤姆生气地想着,"看来巴德对于我的制氦机器设计图被偷一事的猜想是正确的。"

汤姆很难从窥视孔看清这个幽灵般的闯入者。透过手电筒的光线只能看到他身体的一部分。他似乎又高又瘦,脸隐藏在面具之下,头戴一顶黑色帽子,帽檐压得很低,盖住了头发和额头。

汤姆的第一个想法就是冲进去制伏这个人。但是稍加考虑后,他决定采取另外一种做法。"我要用我的红外线电影摄像机把这个贼给录下来!"汤姆满意地笑着,"有了这种证据,到时候在法庭上,他就没法抵赖了。"

汤姆先打开了墙上的一个秘密仪表板,按下了按钮,向安保大楼发出警报。接着他踮起脚尖走向橱柜,取出一个特殊的便携式电影摄像机。摄像机装有超敏红外胶片,可以通过身体移动发出的热红外线来记录人的一举一动。

与此同时,汤姆的这位访客似乎并不着急。他迅速翻阅一

第十三章 面具之下

捆图纸,好像在寻找一个特别的设计。

汤姆将摄像机镜头对准窥视孔,按下"开始"按键。胶卷呼呼地小声转着,汤姆将耳朵贴近墙面。不一会儿,传来关闭文件柜的声音,他听到了纸张发出的沙沙声。

"我最好还是移走摄像机亲自看看。"汤姆想着。

他往实验室看去,看到这个幽灵似的人走向了工作台,手里拿着一些纸张。

入侵者将纸张和手电筒放在了桌上,然后从大衣口袋拿出带闪光灯的迷你相机,开始拍照。

汤姆迅速拍下了这一行为。他听到脚步声响起,便关掉了摄像机往窥视孔里看去。男子正在将文件放回文件柜,显然是要离开了。

"好了,先生,你已经得到了你要的,我也得到了我想要的。"汤姆严肃起来,"现在到了抓捕时间!"

汤姆放下摄像机,踮着脚尖穿过房间,悄悄地走到走廊。这时,实验室的门开了,面具人鬼鬼祟祟地出现了。

当他停下来关门时,汤姆行动起来——他快速向前跑了两步,缩短两人之间的距离,飞身一跃抓住了这个受惊的入侵者!两人倒在地上打作一团,都挣扎着想要站起来。

汤姆用力拉扯男子的面具,但是男子受惊过度,像个疯了一样野蛮地和汤姆打了起来。汤姆被打倒在地,男子挣扎着站了起来。

第十三章 面具之下

汤姆也迅速站起,一个下勾拳正击中敌人的下巴。男子打了个趔趄,痛苦地喘着粗气,随后发起猛烈的回击。汤姆一次次被击中要害。而男子始终没被打倒,拼命地坚持着。

"天啊!他难道是打不倒的吗?"汤姆想着。

突然,沿着走廊传来了跑步声。吧嗒一声,灯亮了。两名企业集团安保部的实验站守卫员跑了过来。

两名守卫连忙过来帮忙,其中一个勒住入侵者的脖子将他摔倒在地,另外一名守卫迅速抓住他的胳膊将他铐了起来。

"呦!谢谢!"汤姆站在一旁喘着气说道。

"抱歉这么久才来。"其中一个守卫道歉说,"我们刚才不在。"

"来得刚刚好,正好留给我足够的时间用红外线录下他在实验室偷设计图的过程。"汤姆说道。

两个守卫猛地将罪犯拉了起来。当汤姆扯下男子的面具后,他惊讶地倒吸了口气。

幽灵般的入侵者竟然是锁匠杰克逊!

汤姆深感震惊。抓到自己公司的员工在洗劫自己的实验室的确让人十分沮丧,但是得知自己和善且看似忠诚的朋友坦布里奇·杰克逊是个贼,更让汤姆觉得难以置信。

"好吧,你有什么要说的?"汤姆平静地说,"我觉得你最好快点为自己解释一下。"

这个锁匠试着将目光移向汤姆的眼睛,但又迅速地看向别处。他叹了口气,盯着地面。

"你最好老实交代。"汤姆语气严厉地说道,"坦白从宽,抗拒从严。"

锁匠杰克逊逼迫自己抬起眼睛。"我没什么可说的。"他用一种尖锐的声音大声说道,"我只告诉你,汤姆·斯威夫特,早晚有一天你会为你的诡计付出代价的!"

杰克逊暗淡湿润的灰色眼睛闪烁着愤怒的火焰,干瘦的脖子上青筋暴起。

"他一定是疯了。"其中一个守卫嘟囔道。

汤姆一时也很困惑。杰克逊莫名其妙地提到汤姆的"诡计",到底是什么意思?但是不管怎样,锁匠现在显得很紧张,似乎不太能问出什么来。

"我想还是把他交由警察处理吧!"汤姆疲倦地说道,"不过首先我得把他相机里的胶卷拿出来。"

汤姆从杰克逊的口袋中掏出那个迷你相机,拿出里面的胶卷,然后把相机交给了守卫。守卫刚把杰克逊押走,汤姆就在实验室的暗室里将胶卷洗了出来。

杰克逊拍的竟然是汤姆私家耳朵无线电的全部图纸和计算结果!

"我的谜题多了条线索。"汤姆沉思着,"可是,它和哪件事有联系呢?"

汤姆突然冒出个想法。假如巴德的猜测是正确的,制氮机器的确是复制他的设计得来的。也许他朋友的第二个猜想,有关天体—动力所感兴趣的那个无线电设备也是正确的。据描述,那个设备和汤姆的私家耳朵是一样的,现在,又有人企图偷走他的整个设计。

第二天早上,哈伦·艾姆斯来到了斯威夫特父子的私人办公室,汤姆和他的爸爸正在讨论昨晚发生的事。

"我发现了一些有趣的事。"哈伦说,"虽然,目前我们在肖普顿没有发现有L国背景的人,但是我们已经查过了加斯帕德的背景。他妈妈是A国人,名叫坦布里奇。"

"坦布里奇?"汤姆若有所思地重复道,"为什么这么熟悉?对了,是杰克逊的名字。"

"对,机长。这就意味着他们之间有联系,如果是这样,就能解释为什么杰克逊要把你的氦机器计划泄露给加斯帕德。"

汤姆仔细考虑后说:"那你认为杰克逊就是那个伤害我的人——也许是出于加斯帕德实验失败对我的报复?"

艾姆斯点头道:"有可能。"

"杰克逊和塔潘或邓斯坦有什么关系吗?"

"现在还不知道,但是我打算查一查。"哈伦回答,"对了,我们在氢气事件中的那张纸片上没有发现指纹。对那个运送气罐的司机所使用的公司名进行了调查后,发现气罐是由一辆假冒运货的卡车运进来的。但是目前还不知道司机是谁。"

"我还在想氦机器设计是怎样传出企业集团。"汤姆沉思说,"但是哈伦,我已经有思绪了。照相机一事给了我启发,等我理清思绪就告诉你。"

斯威夫特先生正聚精会神地听着他们的谈话,突然,电话响了,便接了电话。"我是斯威夫特。"突然他深邃的蓝色眼睛转向汤姆。他停了一下,握着电话说道:"儿子,是那位打算向天体—动力展示新型无线电的弗斯特先生,他听说我们对此感兴趣,所以想要展示给我们看!"

第十四章　荒野实验室

一个观看展示的机会，而且还是观看那个被巴德怀疑是盗版汤姆私家耳朵的无线电！"这是个契机！"汤姆想。他大声问道："我们什么时候能够见到弗斯特先生？"

"他想要在快中午时，在他的办公室会见我们，"斯威夫特先生回答道，"他会开车带我们去他的实验室。"

"太棒了，我同意接受邀请！"

斯威夫特先生点点头，接过电话说道："好的，弗斯特先生，我们接受邀请。"他说着在笔记本上记下了地址。

"太好了！"汤姆欢呼道，"我们可以明白弗斯特及他的设备和这些实验室盗贼是否有关系了。"

哈伦笑了笑，谨慎地补充说："机长，即使发现他们的无线电的确是复制你的，也要保持冷静，我们的安保和司法人员会处理的。"

斯威夫特先生同意道："但弗斯特先生将迎来一位对他的

展示很感兴趣的观众——是吧，儿子？"

汤姆哈哈笑着："深感兴趣！"

汤姆和父亲坐着旋转小鸭出发了。不一会儿，他们就停在了目的机场，然后上了一辆出租车。

"爸爸，我有个疑问。"汤姆坐在出租车上沉思了片刻后说道，"如果弗斯特的公司已经窃取了我的私家耳朵无线电，那为什么昨晚还要偷走我的设计呢？"

"也许。"斯威夫特先生说道，"他们想要最后的图纸以备检查。或者锁匠杰克逊和弗斯特没有关系。这次去我们也许就能找到一些答案了。"

弗斯特的办公室位于市中心的摩天大楼内。办公室看起来很小没有任何装饰也没有接待员。朱尔斯·弗斯特亲自从办公室里面的小屋走出来迎接他们。他长着鹰钩鼻，一双眼睛目光敏锐，一头金发，中等身材，身形修长，体格健壮。

"欢迎，欢迎！能见到两位著名的科学家真是太荣幸了。"弗斯特说道，他的语速很快，声音清脆。

汤姆打量了一眼弗斯特，觉得他身上散发着一种狡猾的气质。

"很感谢你们提供的这次机会，让我们能有幸见到贵公司的新型无线电设备。"斯威夫特先生说，"听起来是个十分有趣的设备。"

"我的朋友，你应该称之为'革命性'的设备！武装部队

第十四章 荒野实验室

和航天工业如果知道了我们的发明都会蜂拥订购的，但是我们还未投入批量生产。"

弗斯特停了一下，向汤姆投去狡黠一笑说："呃，年轻人，我听说你也在发明一台相同类型的无线电？"

尽管汤姆很想知道弗斯特的信息是从哪来的，还是模糊其词地回答道："企业集团一向致力于新的科学发展。"

"真够严谨的哈？"弗斯特大笑说道。

"我们什么时候可以见到你的无线电？"汤姆看了眼手表直接问道。

"我们去隔壁房间随便吃点东西然后坐我的车离开。"弗斯特回答。

半小时后，他们离开了办公室前往实验室。

弗斯特一路上半玩笑地打听着信息。斯威夫特父子态度不失礼貌，但依然回避有关汤姆最新发明的问题。

车子开过一片工业区和居民住宅区，来到了一片宽阔的乡村地带。道路变得更宽了，路两旁是树木繁茂的小山丘。

"你的实验室一定在很偏僻的地方。"斯威夫特先生说道。

"我们需要将实验室设在能接收无线电的地方。"弗斯特解释道，"但又要确保测试工作的保密性。"

车子驶离了一段泥泞不堪的小路，颠簸了几分钟之后，停在了一个令人叫绝的建筑前。一座巨大的银色圆顶建筑！

"到了。"弗斯特说着熄了火从车上下来。

这个造型奇怪的实验室是由小块铝板以十字形状拼接起来的。汤姆意识到,尽管这个实验室重量很小,但也许强度和硬度都很高。实验室边是一间带窗的棚屋。

"在树林里见到这种建筑真是太稀奇了。"汤姆赞美道。

弗斯特得意地笑着说:"进去了你会更吃惊。"

弗斯特的语调让汤姆警觉地看了他一眼。弗斯特和蔼地笑着将他们带进建筑内。

斯威夫特父子看到室内齐全的设备瞪大了眼睛。成排的电子齿轮,成架成捆的化学设备,用来冶炼合金的迷你电阻炉,高精密度的光学设备——全是最新最好的设备。

有两个人闲站在工作台旁。其中一个大概五十岁,下巴像牛斗犬一样,身材又矮又胖。另外一个是个其貌不扬的年轻人,留着一头光滑的黑发。

"我的助理研究员。"弗斯特向斯威夫特父子介绍说,"布拉金和霍华德。"

汤姆父子正和两人握手时,他们听到弗斯特一声窃笑,转身看向他。只见,弗斯特手里正握着一把枪!

"既然我已经拿枪指着你俩了,也就不用再演戏了。"他对斯威夫特父子说道。

"你这是什么意思?"斯威夫特先生冷冰冰地问道,"你说带我们来是为了展示你们公司的最新无线电的。"

第十四章 荒野实验室

"我相信，我们很快就会展示的。"弗斯特说，"只要，你俩还想活命。"

"你到底什么意思？"汤姆语气强硬地问道。

"机灵的小伙子，我的意思是我们想要你的新型无线电，在我们得到它之前会一直把你和你的父亲囚禁在这里。"弗斯特带着致命威胁的语气说道，"我已经给天体—动力演示了这个设计。我也正打算用你的设计完成这笔交易。但是，呃，没能成功得到你的最终设计图。"

汤姆环顾四周，发现布拉金和霍华德两人咧嘴笑着拔出了枪。汤姆差点没能控制住自己的怒火，他和父亲就这样轻易地落入了弗斯特的圈套！

本来双唇紧闭的斯威夫特先生突然说道，"弗斯特，你的阴谋休想得逞，我们的安保主任知道我们要来见你。"

弗斯特冷笑道："我会否认给你打过电话。如果警察追查今早的号码，他们会发现那是一个药店边电话亭的电话。"

"我就知道。"斯威夫特先生冷静地思考过后说道，"但是，你把我俩关在这里怎么指望拿到汤姆的无线电？"

"简单，我会给你的秘书写张字条，告诉她将无线电及所有的设计图纸和数据转交给送信人。你可以说送信人要将这些东西送至我的实验室，这样你的儿子就可以对两种设计进行对比。"

"如果你觉得自己的阴谋能够得逞，那你真是疯了。"汤姆厉声说，"我们的安保部门会对任何最新发明的设计进行严格的检查，才会批准出门。"

"他们最好批准这事儿。"弗斯特警告说。

汤姆注意到弗斯特的同党担心地互相看着。汤姆假装很害怕地说道："警卫是不会给我的设计放行的，所以，不如让我在这儿再做一台无线电呢？"

"老板，这个主意听起来不错啊。"布拉金松了口气说道，"我们还是保险点为好。"

弗斯特怀疑地看着汤姆说："好啊，需要多长时间？"

"不会太久，运气好的话，几天就行。"

"好吧，就这么定了。"弗斯特同意道。

汤姆指向守卫说："但是在我工作时，不能让他俩打扰我。"

"没问题。"弗斯特说道，"但是记住，别耍花招。哦，对了，这个圆顶是屏蔽信号的，所以别指望用无线电发送求救信号。"

过了一会儿，弗斯特和两名守卫充满警惕地离开了，将他俩锁在了屋内。

斯威夫特先生担心地皱着眉头说："儿子，你确定和他们做这笔交易是明智之举吗？"

"爸爸，无论我们做什么，他们十有八九都打算杀了我们。"汤姆低声回答说。

第十四章 荒野实验室

他示意父亲来到墙边。俩人都把耳朵贴在了墙上。弗斯特和他的手下正在外面低声交谈着。铝板刚好清楚地将他们的谈话传了过来。

"老板,这孩子做完无线电后要怎么处置?"霍华德问道。

"我会对设备进行检查。"弗斯特回答说,"如果设备运行良好,你们俩就会看到斯威夫特父子遇上了致命事故,懂吗?"

"明白了,老板!"布拉金粗声粗气地说道。

汤姆把父亲从墙边拉过来低声说道:"爸爸,起码,我们知道要面对的是什么了。还有,我想出了一个逃跑计划,你看,这儿有几罐液态氮和真空泵,而且,还有一些市面上出售的我发明的耐压塑料。加上实验室里的设备,我们可以轻松地造出许多超轻泡沫。"

超轻泡沫是一种神奇的泡沫材料,质量比空气还要轻,是汤姆通过将耐压塑料融入大量微孔中发明的。

"你估计这个铝制圆顶大概有多沉,爸爸?"汤姆突然问道。

"嗯,我猜不到一万磅吧。"

"好,现在看看它是怎么固定的。"汤姆说着指向实验室的地基墙面,"不过是用插销固定在混凝土地面上的。"

斯威夫特先生饶有兴趣地听着汤姆描述他的计划,脸上露出了笑容。

"计划太棒了，儿子，我们动手吧！"

斯威夫特父子像蜜蜂一样勤劳地工作着。他们夜以继日，偶尔小憩，吃饭时总有枪口指着他们的脑袋。

汤姆忙着超轻泡沫的化学生产过程，而斯威夫特先生建造了一个看起来很威风的无线电底盘。多数时候他会将喇叭音量调大，故意使信号与静电在一起发出噼啪的声音或者信号减弱的声音，这样守卫就会以为设备还不够完善。布拉金和霍华德对斯威夫特父子的科学研究都不感兴趣。

"我打赌他们一定害怕我们可能会发起突袭。"汤姆笑着低声说。

"他们没起疑心，我们真够幸运的。"斯威夫特先生同意道，"还有，我在想弗斯特会离开多久？"

"我希望他能离开久点。"汤姆沉重地说道。

第二天晚上布拉金给他们送晚餐时问道："你们两个天才什么时候能做出这台无线电？"

"明天早上就能全部完成了。"汤姆回答。

斯威夫特先生和汤姆匆匆吃完饭继续工作。几个小时后，两个巨大的超轻泡沫球体就成型了。汤姆在上面装了把手，斯威夫特先生扭开了圆顶建筑固定在地面的螺栓，在两端留了两颗以固定建筑。然后他们给超轻泡沫生成器开到全速，将圆顶顶部填满了真空小球——由于耐压塑料的巨大韧性，每一个球

体都十分结实。

这对父子紧张地等待着足够多的耐压塑料充进实验室的圆顶内。汤姆这个大胆的计划能成功吗?

但,斯威夫特父子知道,如果失败他们就必死无疑。

第十五章　圆顶飞行物

汤姆的目光徘徊于手表和机器的压力表盘之间，心里计算着需要多少超轻泡沫材料才能托起圆顶。

"应该快要好了，爸爸！"他低声说，"我们把地板上最后两颗螺栓也松了吧。"

斯威夫特先生点点头，嘴角露出兴奋的微笑。

"紧要关头，爸爸还是那么从容！"汤姆心里赞叹地想着。

他和爸爸拿起扳手移向实验室两边。在两颗存留的地板螺栓的墙上，汤姆已经在上面用支架固定了一个超轻泡沫球体。

这时突然传来重重的敲门声："嗨！怎么回事？"霍华德语气强硬地问道。

显然，空气排出圆顶时发出的噪音惊动了守卫！

斯威夫特父子顿时心惊胆战。他们会在这千钧一发之际被抓吗？

"我们，呃，正在将氦冷却液抽进放大器里！"汤姆回

第十五章 圆顶飞行物

答说。

汤姆说着,父子俩用力地加紧转动最后几下扳手,这个固定良好的螺栓就快要松了。

"哦,是吗?也许我们还是进去看看为好!"布拉金嘟囔道。

汤姆和爸爸都听到了钥匙在锁里转动的声音。

"我们不能被抓住!"汤姆心惊肉跳地想着。

就在最后一颗螺栓被拧掉,圆顶升起来时,汤姆和父亲抓住了超轻泡沫球上的把手。

紧接着圆顶就像氢气球一样飘向高空!斯威夫特父子紧抓着把手,也跟着升了上去。超轻泡沫的气泡推动着整个圆顶升上了洒满月光的天空。

"我们升起来啦!"汤姆高兴地欢呼道。

下面留着混凝土的地板和所有的实验设备。两名守卫目瞪口呆地看着他们,一副难以置信的样子。

"再见!"汤姆对下面的男子喊道,"代我向你们老板问好!"

"这一定是巫术!"布拉金喊道,脸上露出惊恐之色。

霍华德首先回过神来。他拿出一把自动手枪往空中一通狂射。但是这时,飞起来的圆顶和两个抓着把手的乘客已经飞出了枪支的射程。

"我打赌这一定是他们今年见过最离奇的事儿!"汤姆对

父亲喊道，"想象下朱尔斯·弗斯特听到他们讲述这事儿时脸上会是什么表情！"

斯威夫特先生的笑声在风中飘荡，回答说："是的，他不会相信的！"

实验室站点离得越来越远，两名守卫已经缩成了小点。在一阵强风的推动下，圆顶建筑飞向了附近绵延的山丘。

"胳膊还能坚持住吗，儿子？"斯威夫特先生问道。

"拉得有点紧，感觉有些僵硬，但还能坚持住。"汤姆回答说，"你呢，爸爸？"

"完全没问题。我们坚持飞到过来时那个山脊再降落。这样能少些颠簸。"

东南风推动着他们在黑暗中穿行，汤姆看着下方的郊外，一眼望去，看不到城镇，十字路口处也不见村庄，他能看到的最近高速路也在几十几千米之外。

几分钟后，他们到达了斯威夫特先生提到的树木繁茂的山脊地带。

"准备好了吗，汤姆？"斯威夫特先生问道。

"好了，爸爸！"

蝶形螺帽将超轻泡沫球体固定在球形建筑的墙面托架上。汤姆和斯威夫特先生拧开螺帽——两人一只手握着把手，一只手拧着螺帽。

汤姆大喊了一声："杰罗尼莫！"球体与实验室墙面分

第十五章 圆顶飞行物

开了。

汤姆将塑料泡沫球做得足够大，确保球的浮力能稍轻于他和父亲停在空中所需的浮力。这样他们就可以慢慢地往山顶落去，而圆顶建筑则在超轻泡沫的支撑下向上飘去。

片刻间，两名飞行员就接近了地面。斯威夫特先生轻轻颠了一下就着陆了。汤姆的球体卡在了一棵松树上，但是他抓住树干，一跃跳下，只受了些皮外伤。

斯威夫特先生匆匆跑到汤姆面前问道："还好吧？"

"我没事，爸爸。现在的问题是要走出这片树林。要是我们能遇到住户或是路边的加油站，就能通知警察在布拉金和霍华德逃跑之前抓住他们。"

斯威夫特先生点头道："希望我们能及时赶到。恐怕我们得走上好一段路。"

幸运的是，汤姆带了一个便携小手电筒。在微弱昏黄的灯光指引下，他们走下了杂乱的山脊灌木区。

"我们得避开飞行的路线。"汤姆说，"弗斯特的手下也许正通过雷达追踪实验室的外壳。"

斯威夫特先生表示赞同。汤姆在空中时注意到高速公路在东北方向，所以他们拖着沉重的步伐往那边赶去。

黑夜很快过去了，黎明的曙光渐渐照亮了天空，他们终于穿越丛林灌木。汤姆和斯威夫特先生看到一座农舍，太阳才刚刚出来，但屋里的亮光说明里面的人已经醒了。

第十五章 圆顶飞行物

斯威夫特父子筋疲力尽,蓬头垢面,拖着步子走到了后门,敲响了门。一位头发斑白,穿着长袖衬衫的人开了门。

"你们想干什么?"他怀疑地问道。

"我们迷路了。"斯威夫特先生说,"您能发发慈悲帮帮我们吗?"

"迷路?你是说你的车抛锚了?"

"不全是。"汤姆说,"我们和一些罪犯发生了冲突,他们把我们囚禁起来,但我们逃了出来。我们已经走了一晚上了。"

他没敢和盘托出,害怕这个农民会把他俩当成逃跑的精神病人。

"你们也许说的是实话,也许在撒谎。"农民说,"但我不能冒险让你俩进来的。"

"那你能报个警吗?"斯威夫特先生乞求道。

"行,我想这个没问题,在这儿等着吧。"

门啪的一声被关上了,斯威夫特父子互相看着突然大笑起来。他们坐在了走廊的台阶上。

不到二十分钟,一辆载有两名警察的警车停在了农舍门口。两名警察介绍了自己,他俩分别是卡伦和詹森。汤姆和斯威夫特先生刚介绍完自己,詹森就认出来他俩,因为他经常在报纸上看到两位著名发明家的照片。

"你们怎么会落到这种境地?"他问道。

斯威夫特先生迅速地解释了他们被弗斯特抓走又被囚在他实验室内的事。

当汤姆提及借助飞起的圆顶建筑逃脱时，两名警察惊讶地看着对方。

"我们会立刻上报此事。"詹森说。

他匆匆记下汤姆和父亲对实验室位置的描述以及弗斯特的办公室地址。

"我们的调度员会和警察联系。"他允诺道，"而且我们会立刻派出警车到实验室——或者说到剩下的那部分实验室。同时，我们会通知空军留意飞行的圆顶以便对此进行摧毁。"

他匆匆用车上的无线电打了个电话。

此时，那个农民和他妻子站在门口，吃惊地听着整个谈话。俩人意识到自己差点将两位著名的发明家拒之门外，脸都红了起来。

"还望见谅我刚才的无礼。"农民说道，"快快请进，莎拉会为你们准备最美味的早餐。"

斯威夫特父子高兴地接受了邀请。两人洗完手又给斯威夫特夫人打完电话后，坐下享用了一顿丰盛的乡村风味的早餐。

警察提议载着斯威夫特父子到最近的城镇，但是那个农民拒绝了警察的提议，坚持道："我会开车送到他们直升机停靠的地方。"

第十五章 圆顶飞行物

两人坐着农民非常破旧的车,一路颠簸而且速度缓慢。父子俩途中停下买了些干净的T恤,最后终于到了机场。一条信息正等着他们:立刻往肖普顿打电话!

第十六章　来自P国的报告

当递给汤姆这张字条的机场职员走开后,他看了爸爸一眼问道:"我该给工厂打电话吗,爸爸?"

斯威夫特先生点头说:"打吧,儿子,我正开着旋转小鸭准备起飞。"

汤姆匆匆跑到候机厅,找到电话亭,往里面投入几枚硬币接通了企业集团的电话。他和哈伦·艾姆斯通了话。警察已经向这位安保主任全面报告了斯威夫特父子被绑架和脱险一事。

"警察到达弗斯特的实验室时,已经人去楼空了。"哈伦报告说,"两名守卫一定是昨晚连夜逃走,还给弗斯特报了信。今天早上,他没在办公室露面。"

"警察派人进行监视了吗?"

"派了,办公室的每个入口都会在监视之下,但是汤姆,我让你打电话最主要目的是提醒你和你父亲回来的路上要多加小心,弗斯特可能会伺机报复。"

"说得对,哈伦。"汤姆说道,"我们会在起飞前检查有无任何蓄意破坏的迹象。同时,可以联系一下谢尔兰德设备公司询问弗斯特的相关事宜,他曾经称自己是这个公司的代表。"

"好的,我现在就办。"哈伦应允道,"注意安全!"

"好的!"汤姆说完便挂了电话。

这个年轻的发明家连忙赶回他父亲身边。汤姆发现他父亲还在机库认真地检查着直升机,看来斯威夫特先生已经知道额外检查的必要性。

"那些人不达目的是不会善罢甘休的。"他严肃地说道。

斯威夫特父子花了一个半小时完成检查工作,然后开着飞机回到了企业集团。

他们到了实验站,汤姆说:"爸爸,我要去找哈伦看看是否有什么最新消息。"

"好的,有任何进展通知我一下。"

汤姆跳上吉普车匆忙赶往安保大楼。汤姆走进哈伦的办公室时,哈伦刚接完一通电话。

"终于接到了电话。"哈伦说道,"幸好谢尔兰德设备公司的经理会讲英语。"

"有弗斯特的什么消息吗?"汤姆迫不及待地问道。

"你猜对了——这个公司从来没听说过这个人。实际上他们根本没有无线电或者任何方面的代理人。"

"线索又中断了。"汤姆厌恶地说道,"弗斯特的整个事件就是个骗局。"

汤姆和他父亲在办公室吃了午饭。斯威夫特先生询问锁匠杰克逊和另外两个坏蛋是否说了什么。

"我刚才还在想这事儿呢,爸爸。"汤姆吃完鸡肉三明治后说道,"我会给警局打电话询问情况的。"

局长斯莱特告诉汤姆说,杰克逊似乎一直很沮丧,拒绝回答任何问题。塔潘和邓斯坦也顽固地保持沉默。

"谢谢,局长。"汤姆沮丧地说道,"如果他们中任何一人有要开口的迹象,请给我们打电话。"

"那是当然!"斯莱特承诺道。

汤姆那天下午在实验室几乎什么也没干。前一晚的冒险让汤姆因为紧张和缺觉变得疲惫不堪,而且,想到弗斯特和两个同伙还逍遥法外,汤姆就觉得心烦意乱。

"如果警察找不到他们,他们肯定会再次发起攻击。"汤姆想着,"而且弗斯特和锁匠杰克逊若有关系的话,到底又是什么阴谋呢?这真是个史无前例的大谜团。"

到了实验站快关门的时间,汤姆才锁上实验室的门开车回家。斯威夫特夫人给了他一个充满爱意的拥抱。

"哦,汤姆,真高兴见到你平安回来。"她喃喃地说道,"其实我也没有太着急,但是——"

"我明白。"汤姆亲切地说道,他意识到每当自己和父亲陷于危险时,妈妈都会努力掩饰自己的恐惧。"对你和桑迪来

第十六章 来自P国的报告

说,承受这些实属不易,但是幸好我和爸爸总能在紧要关头化险为夷。"

他和妈妈简单说了他们是如何被弗斯特绑架、又如何被囚在实验室的,但是没提弗斯特悄悄命令守卫杀掉他们父子的事儿。汤姆告诉自己,没必要让妈妈和桑迪有不必要的担心。

为了庆祝丈夫和儿子的平安归来,斯威夫特太太准备了一些他们最爱吃的菜,包括牛排饼和美味的巧克力蛋糕。

"多棒的一餐!"汤姆笑着对妈妈说,"我打赌我今晚会被撑得睡不着觉!"

斯威夫特先生笑着放下餐巾说:"不会的,儿子,你要是也像我这么累,就不会睡不着。"

汤姆那晚九点半就上床睡觉了,他睡得很熟。第二天早上,他又精力充沛了。

汤姆迫不及待地回到实验室投入到百万巨视太空探测器最后阶段的工作。中午,当乔推着午餐车进来时,汤姆正聚精会神地组装精密的晶体管。

"吃饭啦!"他高兴地喊道,"趁热吃哦!"

汤姆咧嘴一笑说道:"老前辈,你都亲自来叫我了,我这就来。"

汤姆吃着饭,乔在一旁不断询问着他的最新发明。

"你是说等你完成这些,用这个设备就能看到天上的图像啦?"乔问道。

汤姆点头说:"这是太空探测器的最后一部分,是一种辐射透镜。"

"像照相机上的透镜一样吗?"乔皱着眉头,困惑地挠着秃头问道,"我原以为透镜是用玻璃做的!"

"对,我那只是一种比喻。"汤姆解释道,"我的意思是,这个东西的作用和相机的透镜以及望远镜的物镜一样。来,我演示给你看。"

汤姆用粉笔在黑板上草草画了一个照相机的简图,给乔演示透镜怎样将光线折射到胶卷上形成图像的。接着他又用同样的方法画下探测器的简图,解释它怎样发射三条无线电波到太空中。其中两条会在波束终端自动抵消——无论我们想看到的地方有多远。

"换句话说,它们为我们提供了视觉点。"汤姆说,"而第三条电波信号就充当透镜的作用。它能够'成像',也可以说,从我们想要观看的物体上反射回来的光线——将图像传送到我们的接收器,这样我们就可以通过屏幕观看了。"

乔好奇地围着工作台,斜眼从各个角度看着这台电子装置。

"老板,你说的那个第三条电波在哪儿呢?"

汤姆笑了笑。"你不可能看到探测器发送任何一条电波到太空中,乔。"他解释说,"它们都是隐形的,就像无线电信号一样。"

第十六章 来自P国的报告

"好吧,我真是大开眼界了!"乔吃惊地看着这位年轻的发明家说,"一个看不见的照相机透镜可以变出看得见的图片。汤姆,这真是太了不起了!"

"但愿它能顺利运转。"汤姆笑着说。

汤姆夜以继日地工作着,周四早上他终于完成了最后的电路。整个探测器装置——高增益放大器、氦提取机器、逆平方反比电波发射器、波束终点设备和辐射"透镜"——都被整齐地装在了控制台里。控制台的前面装有刻度盘、控制旋钮和接收显示屏。

汤姆将设备移至企业集团主楼顶部的天文台,在这里一个巨大的金属丝网天线已经被放置在旋转底座上。

"目前,一切都棒极了!"汤姆在完成所有连接后说道,"我们来看看它运行得怎么样?"

他调整着控制装置,将天线对准底下的地面。实验站清晰的图像出现在荧幕上。

接下来,汤姆扫描了实验站外的高速公路。距离大门十五千米处是一辆企业集团的卡车,上面装着一些制氦机器,这些机器是他让人运至斯威夫特工程公司的。突然一辆黑色的轿车加速驶向卡车并迫使卡车停在路边。

"劫匪!"汤姆喘气说道,"间谍!"

第十七章　无助的抢劫者

汤姆难以置信地盯着探测器的屏幕看到加速的轿车将卡车逼停在路边。

"这些窃贼在跟踪我的制氦机器!"他自言自语道,"我敢肯定这一定是弗斯特的同伙。"

汤姆焦急万分,想着如何才能防止这些贵重的机器落入敌人之手。他跑到墙边按下警报按钮,同时眼睛搜索着天文台。

"我必须采取行动——而且要快!"汤姆想。

突然他注意到角落放着一个小型斥力装置。

"有办法了!"汤姆喃喃说道,"也许我能阻止那些劫匪。"

他拿起斥力装置奔向天文台一边的圆形走廊。这里足够高,可以清楚地看到高速公路,能将货车和抢劫车都看得一清二楚。这会儿,为了防止相撞,卡车司机被迫刹车停在了路边。汤姆看到有两个人从轿车上跳了出来。尽管离得很远看不太清,汤姆还是看到他们似乎拿着枪。

第十七章 无助的抢劫者

距离那么远,斥力装置光束能发挥出足够大的力量吗?

他将身子倚在圆顶上,将斥力装置瞄准目标,将拇指放在扳机上。不一会,他发出满意的欢呼声。

"我固定住他们啦!"汤姆胜利地欢呼道。

两名劫匪似乎被冻上了一样,站在那里一动不动!汤姆可以感受到他们疯狂的挣扎,两人无助地蠕动着、扭曲着——努力想要挣脱这股钉住他们的无形力量。

"还有一个问题。"汤姆很快冷静下来想道,"那个卡车司机也和那两个坏蛋一样被无助地困在那儿了,他没法实施抓捕。"

"老板!老板!你究竟在哪儿呢?"

汤姆听到乔的西部牛仔靴上楼发出的噔噔声时,高兴地喊道:"乔!"

"这儿,乔!我在走廊上!"汤姆喊道。

乔匆忙地跑着来找他,结果惊讶地停在了那儿。

"请——请你吃炖牛肉!发生了什么?"他嘟囔道。

"有劫匪!"汤姆指向高速公路厉声说道,"过来,拿着斥力装置一直瞄准他们,我去给警卫部打电话!"

乔迅速接过汤姆递给他的斥力装置站在那里。汤姆跑回天文台,抓起墙上的电话寻求帮助。

菲尔·拉德纳接起电话,说哈伦和两名守卫在接到警报后,就开着吉普车赶去了天文台。

第十七章 无助的抢劫者

"我会用对讲机告诉他们情况。"菲尔说,"我随后就到。"

"好的!我这就报警!"汤姆说。

汤姆挂完电话立刻报了警,调度员承诺立刻派出警车。

汤姆回到走廊,发现乔正看着那些无助的劫匪哈哈大笑。

"请你看飞奔的铁块。"这个厨师笑着说,"这些小贼成了瓮中之鳖!对付这些歹徒,一个斥力装置比六把枪都厉害!"

很快他和汤姆就看见两辆吉普车从企业集团开了过来。在他们进入光束有效范围之前,汤姆关掉了斥力装置。

警卫连忙从吉普车上下来将暴徒包围起来。接着从肖普顿来的警车赶到了现场。劫匪很快被解除了武器,戴着手铐被带走了。

"真是千钧一发啊!"汤姆一下松了口气说道。

乔还在笑个不停,肥胖的身躯随着笑声抖动着。"我真想离近了看看他们脸上的表情,这是他们最后一次作案了。"汤姆同意道,"老前辈,又可以为你的丰功伟绩里再添笔光辉事迹了!"

汤姆匆匆开着跑车赶往警局。他发现斯莱特局长和哈伦正在审问两名罪犯。"他们说什么了?"汤姆问道。

"我们从驾照上得知了他俩的名字。"哈伦说道,"但是俩人似乎没有犯罪前科,而且都声称不认识弗斯特。"

"不管有没有前科,我们已经当场抓住了他们在抢劫。"斯莱特局长说,"汤姆,你抓住他们的方式真是我听说过最巧妙的了。"

两名劫匪看着这位年轻的发明家。

汤姆目光冰冷,看着他俩提醒道:"如果你们现在不愿坦白,那就让弗斯特承担全部责任吧。"希望借此能诱骗他们承认罪行。

"你还没抓到他呢,你这个自作聪明的人。"其中一名罪犯喊道。

另一名罪犯生气地看着同伙说:"闭嘴,你个白痴!"

斯莱特局长笑着说:"汤姆,看来你又赢了一次,起码我们知道他们的上司是谁了。"

见俩人都不愿再说话,斯莱特命人将他俩登记入册后监禁起来。

汤姆回去继续工作。晚上到家时,菲利斯·牛顿和桑迪都在客厅。

"嗨!"汤姆问候说,"见到你真好,菲利斯。"

汤姆拥抱了菲利斯一下,菲利斯红着脸笑着说:"真开心你今天没待在实验站,熬夜不回家,否则你就要错过一个惊喜了。"

"什么惊喜?"汤姆问道。

这时斯威夫特夫妇刚好一起进屋就说道:"桑迪邀请了位

客人共进晚餐。"

桑迪一直看着手表，不时向窗外焦急地张望着。"我打电话时已经提醒过了，我们这个客人可能会迟到的。"她说道。

就在这时传来一声刹车声，接着门铃响了。"警报器都没响，一定是桑迪的某个密友。"汤姆想着。

斯威夫特家周围有一圈电磁场，访客到来或小偷进入时会触发警报。为了避免不必要地重复关闭系统，所有的亲朋好友都会佩戴装有抵消感应线圈的手表。

桑迪连忙去开门，将客人带进客厅。"巴德！"汤姆惊呼道。

这位宇航员和斯威夫特夫妇还有菲利斯打完招呼后，亲密地和好友握了握手。

汤姆咧着嘴开心地笑着。"别告诉我你又不干了。"他嘲弄地说道。

巴德哈哈笑着说："只不过在我孤独地出发前喘口气。"

"那飞行已经一切准备就绪啦？"

"暂定后天起飞。"巴德说，"他们正忙着利用临近的金星下合期。"

"金星会下合？"桑迪笑着说，"我以为金星是凌驾于你所有女朋友之上的呢。"

"不能凌驾于和某个金发的女孩的约会之上。"巴德俏皮地说道，"我的意思是金星很快就要经过地球和太阳的中间部分。换句话说，它会到达离地球最近的地方，这样就能节约上百千米的飞行距离。"

桑迪对菲利斯使了个眼色。"你觉得巴德和汤姆为了见我们，愿意飞那么远吗？"

"我们可能还得靠你妈妈的饭菜才能把他们吸引回来吧。"菲利斯开玩笑地说。

她的话引得斯威夫特先生大笑了起来。"你说得有道理，菲利斯。"他说道，"玛丽·内斯特总能知道怎样留住男人的心。"

内斯特是斯威夫特夫人的娘家姓。她红着脸优雅地说道："我们可以开饭了吗？"

每个人都享受着美味的烤牛肉晚餐，其间汤姆、巴德和两个女孩互相开着玩笑，饭桌上一片欢声笑语。随后，汤姆将巴德拽到身边，建议巴德带上一个他的私家无线电，在金星探索途中使用。

"谢谢，机长。这个主意太棒了。"巴德感激地说道，"在我看来，天体—动力的设备完全比不上斯威夫特企业集团的。"

巴德似乎比上次回来开心多了。他告诉汤姆，他已经和金星项目的很多工程师和技术员成了好朋友。

"实际上他们人都挺好的。"巴德说道，但是他皱着眉头补充道，"除了奇彼·霍尔布鲁克。我是说真的——我完全不

第十七章 无助的抢劫者

知道在金星之旅的往返旅程中怎么忍受这个家伙。"

汤姆尽力给好友打气,巴德的心情又变好了。第二天早饭后,这位年轻的飞行员就准备动身了。

"谢谢你的送别派对。"巴德对桑迪说,"真的非常棒!"

桑迪声音有些颤抖地说道:"早日安全归来!"

汤姆开车带着巴德到企业集团去取无线电。随后,他们在飞机场挥手告别,汤姆说:"用SE频道联系我,切记,飞行员——如果你需要任何帮助,我会立刻奔过去的。"

"谢谢你,兄弟。"巴德若有所思地说道,"知道吗,我想到个绝佳的主意,霍尔布鲁克一定会偷听我们的谈话。如果我们使用一些暗语,他就不能完全明白我们在说什么了。"

汤姆笑着说:"也许你说的对,巴德,有什么好建议吗?"

两人讨论一番后,决定用"午夜在这儿睡觉很棒"代表金星飞行一切进展顺利。反之,"这个黑洞真令人难受"就预示着巴德和奇彼之间出现了问题。

"好的,我记住了。"汤姆说道,"但还是希望你用不着说第二句话。"

"我也是!"巴德同意道。

不一会儿,他的直升机就呼啸着飞过跑道,升到了空中。汤姆在企业集团的机场上向巴德挥手,巴德倾斜机身以示离别致意。

汤姆慢慢走回自己的办公室。巴德起飞前和他的谈话让他有种奇怪的不安之感。

不知怎的，他预感好友在飞往金星途中会遇到麻烦。

第十八章　巴德的疯狂讯息

汤姆走进和父亲共用的办公室，斯威夫特先生正忙着向特伦特小姐口述一些信稿。特伦特小姐是一位十分能干的秘书。汤姆没去打扰父亲，直接去了顶楼的天文台。他迫不及待地想要在一些天体上尝试自己的百万巨视探测器。

汤姆打开设备电源，将天线对准了太空哨站。闪闪发光的"摩天轮"清晰地出现在屏幕上，可以看到它密密麻麻的通讯天线、网格状的望远镜和反光镜。

"就像坐运载火箭亲身看到的一样。"汤姆想着。

他扫描了其他的人造卫星，它们疾驰过天空，沿着轨道不停地运动。接着，汤姆将他的太空探测器移向更远的地方，研究着月球表面的细节。之后，他尝试着观察金星。

"还达不到我要的清晰度。"汤姆说着加深了视频的对比度。

他知道地球的这个姐妹行星的表面被一层不透明的大气所覆盖。不管怎样，当金星最终呈现在荧幕上时，汤姆可以看清神秘的亮光斑块和黑暗的区域，汤姆带着浓厚的兴趣研究起金星来。

"真想知道巴德这次回来会带回怎样的信息。"汤姆沉思着。

天体——陨石里面有那么多高敏度的设备，汤姆认为，会几千倍地提高人类对科学知识的掌握。

这个想法突然让汤姆很沮丧。要是斯威夫特企业集团当初能得到金星探索的指派任务就好了！那就不是奇彼·霍尔布鲁克，而是自己将成为这次太空探险中巴德的陪同宇航员了。

"现在伤心也没用了。"汤姆对自己说，"还会有别的太空旅行——到金星的，还有到木星的！也许有一天还会降落在金星。"汤姆关掉了百万巨视望远镜，从圆顶天文台下来，去了自己的私人实验室。他在那里给汉克·斯特林打了电话。

"我刚刚测试了望远镜，汉克。"汤姆说道，"看起来运作良好。"

"干得好，机长。"汉克说道，"我还盼望着用那个机器来看星星呢。我猜当它有了知名度后，斯威夫特工程公司将会要安排大批量生产吧。"

"也许吧。"汤姆同意道，"还有，我想请你和亚弗再做一个给挑战者号用——说不定哪天会派上用场。"

汤姆突然想到了什么，要求尽快完成这项工作。"尽量减少在企业集团各个部门的机器部件发放。"

第十八章 巴德的疯狂讯息

"好的，我会在二十四小时内完成。"汉克承诺道，"你还在担心巴德，是吧？"

"说实话，汉克，我只是想做好万全的准备。再见。"

"再见。"

不一会儿，电话响了。汤姆接起电话，"我是汤姆·斯威夫特，请讲。"

"我是斯莱特局长。"电话另一头传来声音，"事件也许要出现转机了——锁匠杰克逊想和你谈话。"

"好的局长，我这就赶去。"汤姆说。

"还有件小事。"局长补充道，"我们的'朋友'邓斯坦就是造成翻车事故的那个光束枪狙击手。"

"你是说他坦白了？"

"还没，但是我们的实验室分析出了那只猎人靴内的线头和雷蒙德·邓斯坦裤子的纺线完全吻合。"

"漂亮！"汤姆开心地说道："也许当他了解你已经知晓袭击事件是他造成的，就会改变态度了！"

斯莱特局长刚挂电话，汤姆就兴奋地跑出实验室跳上车，径直赶去肖普顿。

在警局，一名警卫将汤姆带到了锁匠的牢房。牢房内，坦布里奇·杰克逊没精打采地坐在床上，眼窝深陷，脸色苍白。门打开了，汤姆走进去坐在坏蛋对面的一把椅子上。

"听说你想见我，杰克逊。"他说道。

锁匠抬起眼睛点了点头。"我真傻。"他最终用颤抖的声音说道,"但我错就错在不该复制你的那些图纸。"

"这不仅事关偷窃。"汤姆冷冷地说道,"还有谋杀未遂。"

"我和他们没有任何关系!"杰克逊坚持道,他的眼神露出惊恐之色,"噢!你知道我从来没伤害过你——或任何人!实际上,曾经还救过你一次,是我给哈伦打的电话告诉他氢气罐的事。"

杰克逊说,他在实验站附近的加油站无意中听到卡车内两名陌生人的谈话。他们密谋将送去汤姆实验室的氦换成氢。后来,卡车开走后,他捡到了一张从驾驶室掉落的字条。他立刻给哈伦打了电话,还偷摸进入安保主任的办公室将字条留在他桌上。

"我甘愿接受惩罚。"他恳求地加了句,"但是,看在老天的份上,不要以谋杀罪控告我!"

汤姆看着锁匠憔悴的面庞。"我会考虑你的请求。"他没给做出任何承诺。突然汤姆脑海闪过另外一个问题。"你为什么要冻住我实验室的锁呢?"

杰克逊深吸了口气说:"我——我在对一个发明进行试验。"

"什么样的发明?"

"一个能将破门而入的窃贼锁在屋内的发明,我的发明会

第十八章 巴德的疯狂讯息

自动地冻结所有有保护系统的锁，所以撬不开。我想在你的实验室门锁上做实验，因为他们的结构复杂，是个神奇的试验对象。"杰克逊用一丝自吹自擂的语气说道。

汤姆青色的眼睛狠狠地盯着锁匠。"但是你把这种光束机给了那些想要杀掉我的同伙！"他厉声说道。

"不！我发誓不是那样的！"杰克逊说道。

他的声音表现出强烈的恐惧，让汤姆相信了他说的是实话。如果是这样，汤姆车上的划痕一定是翻车时不小心留下的。

汤姆决定采用温和的方式。"好吧，杰克逊，听上去你似乎没对我撒谎。"他说道，"但是你为什么要偷我的制氦机器的设计给贾可·加斯帕德？"

这个问题让锁匠有些措手不及。他先表达了愧疚之情，但这种愧疚渐渐从他脸上消失。汤姆意识到，显然杰克逊之前没想到，斯威夫特一家已经知道了那是起盗窃案件。

"贾——贾可·加斯帕德是我的表哥。"杰克逊结巴地说道，"不管怎么说，他在你之前就设想过这种机器。而且，你的机器会用于军事，而我的表哥只是为科学做贡献。当然，他失败了——而且你知道为什么。"

汤姆表情严肃，想到了这一定是杰克逊所说的"诡计"了。"你把草图给了谁？"汤姆问道。

"我不知道那个收件人的名字。真的，我只知道他们会把草图转交给我表哥。"

汤姆断定弗斯特就是这个阴谋的中间人。"你是怎么做到不将草图拿出企业集团就转交给他们的？"他继续问道。

杰克逊的眼睛瞄到汤姆冰冷的眼神，他仍然顽固地耸耸肩什么也不说。

"没关系，我已经猜到了答案。"汤姆说，"你用我的新型发送器将扫描过的图片发送出去，他们通过接收器重现原图。其中也包括我的无线电草图。"

杰克逊张大嘴巴一副惊讶的样子。汤姆单从他的表情就知道自己猜对了。由于自己的机器已经使用过，如果接收者未经授权，通信委员会就会将发送记录报告给调查局。

"好吧，杰克逊。"汤姆说着从椅子上起身说道，"如果你说的是实话，我会替你说情的。同时，如果你还有什么想说的，你知道怎么联系我。"

汤姆走出牢房时，锁匠一脸愧疚。在离开警局前，他和局长斯莱特建议用猎人靴内找到的证据找邓斯坦进行对质，斯莱特高兴地同意了。邓斯坦似乎被惊了一下，但仍什么也不说，塔潘也同样闭口不言。

"你们最好考虑清楚了。"斯莱特局长在汤姆离开前警告两名被抓的人，"你俩不要妄想会有某个律师能救得了你们！"

那天中午汤姆和斯威夫特先生吃饭时，接到了一个长途电话。

第十八章 巴德的疯狂讯息

"是巴德。"特伦特小姐说。

"接进来!"汤姆急切地喊道。

"祝我好运吧,兄弟。"巴德说,"他们在午夜时会给我穿上宇航服,开始很长一段时间的倒计时。如果系统检查无误、天气允许的话,我们会在明早七点发射。"

"我们会通过百万巨视太空探测器对你进行全程关注。"汤姆说。

"又给我平添了份信心。"巴德笑着说。

两个小伙子聊了会儿天,汤姆随后将电话给了斯威夫特先生,斯威夫特先生又说了些祝巴德安全顺利完成飞行任务的话。

第二天早上,斯威夫特一家和牛顿一家共聚在斯威夫特企业集团天文台观看着这次冒险太空之旅的开始。汤姆已经将斯威夫特的私人视频网络的显示屏装到了天文台以便观看起飞过程。

所有人都屏住呼吸看着火箭固定在发射台上的巨大的天体—动力。想到巴德和他的船员都被关在顶部这个狭小的飞船舱内,所有人都感到一阵紧张。

"哦,天啊!"桑迪紧张地低语着。她紧攥着菲利斯的手,指关节都攥得发白了。

"发射了!"斯威夫特家的电视播音员凯恩说道。

天体—动力底部翻腾着烟雾和火焰。火箭暂时正在加大动力，在发射台似乎一动不动。随后它急速飞上了天。

所有人的眼睛都随着火箭的上升盯着荧幕移动。电脑指引的齿轮始终瞄向升空的火箭，所以几乎察觉不到天线的移动。不久天体—动力助推火箭脱落了。接着第二阶段的火箭也脱落了，只剩天体—陨石宇宙飞船独自疾驰向上。

过了一会儿，突然私家耳朵无线电里吱吱啦啦传来巴德的声音：

"嗨，汤姆！这个黑洞真令人难受！"

汤姆一下紧张起来。他赶紧和其他人解释了巴德话语的含意，接着通过麦克风回了话。每个人都盯着荧幕，顿时一片寂静。

突然他们听到另外一个声音说：

"副驾驶霍尔布鲁克接手！巴克利船长出现了不适，但是没有返回的必要！"

第十九章　太空救援

"哦，汤姆！"桑迪跑到哥哥身边喊道，"我就知道一定发生了很糟糕的事！巴德出事了！"

"副驾驶员霍尔布鲁克只说巴德出现了状况，亲爱的。"牛顿太太猜测道，"既然他们在太空中，也许只是失重引起的不适。"

汤姆不愿增加大家的担心，尤其是桑迪，但他还是摇了摇头。

"巴德经历过很多次的太空飞行，他不可能出现恶心及迷失方向的症状。"

汤姆紧握拳头，他觉得好友现在也许处于危险之中，急需采取行动！

"爸爸，我要开着挑战者号去找巴德！"汤姆突然说道。

斯威夫特先生拉着儿子的胳膊说道："别着急，儿子。在了解详情之前我们得耐心点。"

这位年长科学家通情达理的语气使年轻科学家的心情稍微

平静了些。

"你说得对,爸爸。"他抑制着自己的情感说道,"但我希望不要太久。"

汤姆拿起麦克风,想让霍尔布鲁克说清楚巴德到底怎么了。但是他知道这个副驾驶全权掌控飞船,这会儿一定忙得顾不上搭理他。

所有人都目不转睛地盯着荧幕。远方的天体——陨石加速着驶离地球,一切似乎还算顺利。不一会,汤姆看着荧幕上飞船转变了飞行姿态,他意识到飞船偏离了轨道。

"爸爸!飞船停止了探索!"汤姆喘着气说,"它想要回到轨道。"

斯威夫特先生也意识到了,他还没来得及给出回答,无线电里就传来奇彼·霍尔布鲁克刺耳惊恐的声音:

"求救!求救!控制装置出了问题!我——我回不到轨道上了!"

汤姆抓起麦克风说:"我是汤姆·斯威夫特!汤姆·斯威夫特呼叫陨星!让我和巴德·巴克利说话!"

"不——不!不可能的!"霍尔布鲁克结结巴巴地回答道,"他太虚弱了。"

"你知道我在说什么,霍尔布鲁克!"汤姆厉声说,"让我和巴德说话!"

停了很长一段时间。随后传来巴德的声音,他的声音模糊

第十九章 太空救援

又微弱。

"救救我们，汤姆！……拜托来救我们！"

不用巴德再多说什么，这位年轻的科学家回答道："好的，我这就去，巴德，坚持住！"

汤姆关掉麦克风，言简意赅地问："你觉得呢，爸爸？"

斯威夫特先生没有拒绝。"去吧，儿子，但是要先和天体—动力协商一下。"

"好主意。"汤姆打开可视电话呼叫他们的电视播报员基韦斯特，"凯恩，请联系约翰·克拉克和阿诺德·富兰克林，告诉他们我有急事要联系他们。"

"好的，机长！"凯恩转身厉声下达命令，声音渐渐变小了。

可以看到人们不安地在发射区徘徊。显然大家都已经知道金星探索出现了意外。不久，克拉克和富兰克林匆忙从一个发射管制台赶到了镜头前。

"他们来了，汤姆！"凯恩说着将麦克风递向约翰·克拉克。

天体—动力的董事长憔悴的脸上出现紧张地神色。"我听说你都知道了，汤姆？"他直接地问道。

"我知道他们在轨道上求援。"汤姆回答道，"具体情况怎么样？"

"我们几乎也是一无所知。"克拉克承认道，"飞船完全

第十九章 太空救援

失控了，对测距指引仪没了反应，霍尔布鲁克似乎也没能手动控制太空舱。"

"你们反对我去实施援救吗？"汤姆说道。

克拉克和富兰克林的脸上明显浮现出如释重负的神色。

"当然不反对，汤姆。"董事长用热切希望的语气说，"如果你能顺利救回他们，我们会感激不尽的。"

"好的，随时待命。我现在即刻出发。"汤姆补充说。

他跑向天文台墙上的电话下达了一系列的命令。首先他联系了斯利姆·戴维斯，告诉他集合船员，使挑战者号可以随时起飞。

"好的！你到达时一定会准备好的！"

接着，汤姆打给了汉克·斯特林询问百万巨视望远镜模型复制的进程。当汉克回复说已经完成组装时，汤姆要求他用货车将它运送至飞机场装到喷气式货机上。下一步，他提醒辛普森医生要做哪些准备并要求他立刻赶往火箭基地。最后他打电话让C号飞机库安排一架待命的飞机。

汤姆挂了电话看着大家，斯威夫特先生拍了拍他的背说："祝你好运，儿子。在你将他们带回前，我会在这里控制着太空探测器和无线电。"

"谢谢，爸爸。"汤姆和大家握手时尽量让自己听起来足够镇静。"有您在这坐镇指导，我一定会平安回来的。"

奈德·牛顿叔叔和他的妻子还有菲利斯都表达了他们的祝

愿。最后离别时,母亲拥抱了汤姆,桑迪亲了他一下。

"我会一直为你们祈祷的,汤姆。"她颤抖着声音小声说道。

"别担心,妹妹。我们不会有事的。"汤姆握着她的胳膊,强笑了一下。

他匆匆走下天文台的楼梯,开着吉普车赶往机场。当复制的百万巨视望远镜在汉克·斯特林和亚弗·汉森的监督下送上货机时,乔踩着喷气滑板赶了过来。

"尝尝我的小狼肉饼,你确定不吃太空餐就起飞吗,老板?"这个矮胖的厨师喘着气焦急地说道。

"来不及了,乔!登机!"

几分钟后,飞机就赶往了火箭基地。基地内,一辆卡车正停在飞机场上等待着飞机的降落。所有人坐上车加速驶往发射台,在那里,外形奇怪的挑战者号在太阳下闪闪发光。

汤姆简要迅速地和斯利姆·戴维斯介绍了百万巨视太空探测器。"汉克、亚弗和我会将天线装在机库平台上。"他解释道,"你和船员们拉动绞车将控制台装上船。将它放在机舱内,通上电源。"

斯利姆点点头连忙去组织人手去了。珍贵的几分钟过去后,他们还在忙着为天线架钻孔。

汤姆抑制着急躁,就连企业集团最沉着的汉克·斯特林都显得有些紧张不安。

第十九章 太空救援

最后，汤姆坐到驾驶位，系上安全带，乔治·迪林通知一切就绪，他便驾驶着挑战者号直冲上天。

所有人都感受到了飞船加速时增加的重力。天体—动力追踪组船员提供的稳定电脑数据引领他们朝着无助的探测飞船赶去。

最终他们看到了正前方天体—陨石的银色轮廓，在黑暗的太空黑洞里闪闪发光，不知为何超出了原定高度。汤姆稍微加速，进一步靠近它的轨道。

"一会要抓住他们吗？"斯利姆问汤姆。

汤姆摇了摇头。"飞到那里太危险了。诱导效应会摧毁我们的飞船的。"他打开私家耳朵无线电对着麦克风问道，"我们来了，巴德，你怎么样了？"

"我不太好，机长。"巴德语气微弱地回答道，"我感好像……好像要永远地昏过去了。"

汤姆脸色苍白，命令霍尔布鲁克关掉所有的电力系统。但是这位副驾驶似乎受到了过度的惊吓。他的声音颤抖着像快要疯掉了一样，回答道："你疯了吗？我们不能这么做！我们必须给反辐射网络通电否则我们会死掉的！"

"听着！"汤姆命令道，"如果遇到粒子风暴我会提醒你的，照我说的做！"

与此同时，斯威夫特先生正对着企业集团一堆的电脑计算着安全进入大气层的路线。汤姆一边和霍尔布鲁克争吵着，一边紧张地等待着结果。

突然,操控百万巨视望远镜的亚弗·汉森惊恐地大叫一声。

"汤姆!有个导弹直冲我们来了!"

第二十章 孤注一掷的操作

汤姆感到一阵眩晕。他看了眼望远镜的屏幕知道了是什么引得亚弗大叫——一个迎头而来的导弹！

这个致命的物体移动飞快，亚弗拼命地转动控制旋钮也没能将焦点对准它。

"各位！准备行动！"汤姆对着对讲机喊道。他的手飞快操作着控制开关和操控杆。

当挑战者号急剧上升冲出轨道时，他们看到导弹也改变了方向，屏幕上又出现了即将冲撞的画面。

"它是冲我们来的！"亚弗紧张地说。

汤姆又几次试着加速改变方向避开这个致命的物体，但是每次导弹都会重复着飞船的动作锁定飞船。

很快，导弹愈来愈近。如果导弹带有近接信管，汤姆知道现在距离很近，弹头随时可能引爆。他的前额闪着汗珠。

"这些长着黄色条纹破坏灌木的臭鼬！"乔嘟囔道，显然他在骂那些发动偷袭的人。他和别的飞行舱内的人——亚弗、汉克和斯利姆——站在那里神情恍惚焦虑地看着屏幕。

汤姆的大脑飞速旋转着,思索着逃生的策略。"给我一个它的雷达方位,汉克!"他喊道,"快!"

汉克确定完赶忙说:"方位2——5——7,高度3——6!"

汤姆已经控制斥力装置在固定位置准备就绪。他瞄准目标,用最大功率开始发射。

就像变魔术一样,导弹突然从屏幕上消失了!当这个神秘的火箭进入大气被瓦解时,亚弗尽快重新调焦来捕捉转瞬即逝的光线。

"请——请你看敲膝盖表演!"乔喘气说,"你救了我们,头儿!你究竟是怎么做到的?"

"我用斥力装置把它炸走了。"汤姆简单地说道。他打断了其他人的欢呼说:"我们还有任务呢,各位,记得吧?"

在进入天体—陨石的轨道前,汤姆将奇怪出现的导弹一事通过无线电报道给哈伦。

"我们已经知道发生了什么,汤姆。"安保主任说,"我们一直通过雷达关注着你们——祈祷着你能想出办法。我们已经用电脑追踪导弹的返回路线,很快就能知道是从哪儿发射的了。"

"做得好,哈伦。它看上去不像是A国制造的。"汤姆回答,"探测器录像带记录了它的外观,我会让亚弗传给你。

第二十章 孤注一掷的操作

完毕!"

现在,挑战者号渐渐驶向一条和天体—陨石移动方向成直角的线上。霍尔布鲁克歇斯底里的声音再次从无线电里传来:"做点什么吧!看在老天的份上,做点什么吧!我敢说飞船肯定完全失控了!别把我们留在这——"声音以一声喘气结束了还混杂着打斗的声音。接着传来一个更加平静的声音:"陨星呼叫汤姆·斯威夫特!我是霍金斯,飞船的工程师!请下命令吧,我们一定执行!"

"好的!关闭电源原地待命!"

两艘飞船在飞行轨道上并排停着。不久,斯威夫特先生通过无线电说他已经解决了再次进入轨道的问题。

"儿子,一会儿需要一些熟练、精确的操控。"他说道,"整个操控过程都是铤而走险——当然这些不用我说。一旦你撞入大气层,天体—陨石远离你的话,两艘飞船加上所有船员都会完蛋。"

汤姆冷静地说道:"爸爸,我知道有危险,我会尽力的。"

"好的!下面是步骤——"

斯威夫特先生口述着必要的数据,汤姆将数据输入挑战者号飞船电脑中。"一切就绪,爸爸。"他最后说道,"祝我们好运吧!"

汤姆操控着两艘飞船,直到天体—陨石在挑战者号正上方相连处。他使用一套斥力装置来控制飞船向后移动,再用另外一些设备排斥地球重力减慢速度,以逐渐下降到更低的轨道上。

当飞船绕着圈靠近地球时,大洲和海洋变得越来越清晰。突然挑战者号的控制面板闪过一道红光,这意味着已经到了穿越大气层的边缘。

汤姆的眼睛扫过一排仪器深吸了口气默默祈祷着。失之毫厘的计算就会酿成致命的后果。挑战者号能够全身而退——可是巴德和他的船员就会化为灰烬!

"抓紧了吗,陨星?"汤姆通过无线电问道。

"坚如磐石。"霍金斯回答说。

汤姆猛地拉起动力杆。两艘船深深地刺入地球的大气层。他们像两颗双胞胎流星一样向下落去!

在倒计时的紧张时刻所有人都默不作声。表面温度的计算完全正确——没有到达临界危险状态。飞过的山川与河流就像一幅迅速展开的立体地图。接着他们轻松地到达导弹基地。

斯威夫特先生激动得声音颤抖:"你太了不起了,儿子!"

"爸爸,你的计算太准了!"汤姆回答道。

汤姆落地时,天体—动力火箭基地挤满了人。一个龙门起重机将天体—陨石放到地上。汤姆和他的船员们被记者和电视

第二十章 孤注一掷的操作

摄像机包围着。"AD公司的公共关系部长会告诉你们事情经过。"汤姆简洁地说道,"现在我们更想让陨星的船员给出更多的解释。"

当他看到昏迷的巴德·巴克利在担架上被抬出来时,顿时变得脸色苍白。接着带出来的是霍尔布鲁克,他被牢牢地绑着,眼中充满愤怒。

辛普森医生即刻冲向病人,赶快坐上了赶往基地医务室的救护车。陨星飞船的工程师霍金斯向汤姆和医生讲述了事情的来龙去脉。

"飞船转向系统出故障后,霍尔布鲁克怒发冲冠。"霍金斯说,"他变得极度狂躁,最后我们不得不强行把他绑起来——但我想你应该听到动静了吧,汤姆?"

汤姆点了点头。

"可是你没有听到他后来喋喋不休说的那些话。"霍金斯继续道,"据他所说,他在倒计时等待里的最后一餐,往巴德的食物里放了某种昏迷药。我猜,他这是出于嫉妒。"

"从巴德的症状中我就知道了。"医生说道,"我已经给他打了一剂解药,他的脉搏正慢慢恢复正常。不要担心,汤姆,你的好友没事。但是我们还是要让他在这儿观察一天左右。"

汤姆舒了口气说:"医生,这是我今天听到的最好的消息了!"

第二天早上汤姆到达肖普顿时，更多的好消息还在等着他。哈伦说弗斯特和他的同伙已经被抓。汤姆和安保主任准备飞去监狱，问责这个罪魁祸首。

弗斯特嚣张的气焰已经消失殆尽，他显然非常绝望。他坦承自己是名科学家，想通过在秘密实验室做出的发明发家致富，不惜通过不正当的手段，比如声称自己是谢尔兰德公司的代表人。

"你赢了，斯威夫特。"他灰心地说道，"自从你和你爸爸从我的实验室逃走，我就一直疲于奔命，我也完成了那台机器，那次抢劫事件是我赚钱的最后希望。"

"塔潘和邓斯坦是你的手下吗？"哈伦问道。

弗斯特无精打采地说："你迟早都会发现的。自从汤姆·斯威夫特发现氦机器的窃贼，我就觉得他很不好惹，所以我发明了光束机器想干掉他。但是塔潘和邓斯坦把这事儿搞砸了。那个运送氢气罐的人也搞砸了——他们都应该等到我拿到你无线电的最终图纸时再动手的。"

弗斯特还说他是接收锁匠杰克逊传送图纸的人，他以中间人的身份将制氦机器卖给加斯帕德。杰克逊的罪行和他自己之前坦白的完全一致。弗斯特和他的一名同伙在蓝之景酒店时企图通过警告和出租车卡片的伎俩绑架汤姆。

汤姆和哈伦离开之前，安保主任接到来自菲尔·拉德纳的电话。漫长的谈话之后，他露出了笑容。

第二十章 孤注一掷的操作

"最后一条线索，汤姆。"哈伦报道说，"结果表明，那枚导弹是在L国发射的，是加斯帕德出于报复发射的，他真是个疯子。国际刑警已经逮捕了他，他坦白了一切。"

尽管为这位手段卑鄙的科学家感到惋惜，汤姆还是笑着说道："从导弹外形我就猜出来了，哈伦，我们回去吧。"

第二天晚上，巴德赶了回来。他下了飞机，汤姆和两个女孩正在机场等着他。这个身材健壮的宇航员看到他们后不禁高兴地大喊起来。

"嗨！一个迎接团！"他迅速地紧紧拥抱了下汤姆，和菲利斯握了手，飞奔向桑迪。

"太好了！我看你已经完全康复啦！"她上气不接下气地咯咯笑着。

"金星探索失败的时候，我都没敢想过会再看到如此灿烂的笑容。"巴德俏皮地说道。

"别傻了，飞行员！"汤姆回了句，"我们可是来欢迎归来英雄的！"

巴德咧嘴一笑，跟着他们进了桑迪的车。他们到斯威夫特家时，斯威夫特夫人已经准备好了晚宴。"但我不知道老汤姆忙什么去了。"她说道。

这时斯威夫特先生回来了。他的脸上洋溢着欢欣的表情，兴奋地说道："刚才接到了政府来电。天体—动力已经放弃了金星计划,太空相关部门想让我们企业集团接手,希望汤姆担任机长,巴德为副驾驶,让你们一同开展一次全新的飞行!"

想到会经历新的冒险,汤姆顿时眼前一亮。能够近距离接触金星将会是个极大的挑战。

巴德拍着好友的后背,兴奋地说道:"金星,我们来啦!"